KB143462

내 안에서만 그림이 되는 그림

2022

계간 문파 시인 선집
내 안에서만 그림이 되는 그림

초판 발행 2022년 08월 22일
지은이 지연희, 백미숙, 박하영, 탁현미, 임정남, 윤복선 외

펴낸이 안창현 펴낸곳 코드미디어
북 디자인 Micky Ahn 교정 교열 민혜정

등록 2001년 3월 7일
등록번호 제 25100-2001-5호
주소 서울시 은평구 갈현1로 318-1, 1층
전화 02-6326-1402 팩스 02-388-1302
전자우편 codmedia@codmedia.com

ISBN 979-11-89690-73-1 03810

정가 12,000원

내 안에서만

그림이 되는 그림

2022

거룩한 낭비를 위하여

2022년 어느덧 여름이다. 찌는 듯 쏟아지는 햇살을 맞으며 거리를 걷다보면 등줄기에선 한 줄기의 빗물이 소나기처럼 흘러내린다. 숨이 막히는 폭염의 위세가 만만치 않다. 그럼에도 우리는 '거룩한 낭비'를 위한 비상의 날개를 펼치며 시를 쓰고 있다. 비장한 결의와도 같은 결집이다. 시를 쓰는 일, 행사를 거듭하는 일 모두가 거룩한 낭비가 아닐 수 없다는 것이다.

사회적 환경은 다소 안정적이긴 하지만 여전한 염려가 가끔씩 주저하게 한다. 삶은 무엇보다 건강을 중심으로 매사를 경영하는 일이기에 만사가 건강을 앞세운다. 그 와중에도 문파문학 회원들의 빛나는 문학 세우기를 위한 다짐은 미래를 향한 창조적 예술문학의 길에 닿기 위한 노력이다. '좋은 시' 쓰기를 목적으로 시작한 『계간 문파 대표 시선』의 성장은 한 해 한 해를 거듭나고 있다.

눈부시게 성장한 문파시인들의 면모를 확인하면서 16년 전 첫 삽을 뜨던 창간 즈음의 나약함을 기억하지 않을 수 없다. '오늘보다 내일의 성장'을 행한 약속이 현실이 되어 여간 감사한 일이 아니다. 다만 오늘도 내일의 발전을 향한 노력은 지속되어야 할 것이다. 극도로 완성된 문학이 존재하기 어렵다 하지만 우리 모두는 감미로운 완성을 향하여 매진할 것이다. 여전히 독자 여러분의 아낌없는 사랑과 관심을 겸허히 기대하면서.

거룩한 낭비:유안진 시인의 어록, 문파문학회 행사에서

시인, 계간 『문파』 발행인 | 지연희

미래를 꿈꾸며 내일을 기다리는 뜨거운 가슴

절정으로 치닫는 여름의 어느 날 모감주나무에서 노란꽃이 피었습니다. 돌담을 살짝 끼고 돌아 앉은 한적한 곳에서 문파문학인들의 잔치에 따뜻한 미소로 펼쳐지고 있습니다.

뒤늦은 장마를 뚫고 오후의 햇살이 퍼지고 숲은 생명의 근원을 어머니처럼 품고 앉았습니다. 이처럼 우리는 희망을 얘기하고 미래를 꿈꾸며 내일을 기다리는 뜨거운 가슴으로 여기 또 한 권의 마음이 묶여졌습니다.

각기 다른 음성으로 각기 다른 그림으로 그려낸 시문학의 세상이 감미로운 울림으로 펼쳐지리라 생각합니다. 함께여서 아름답고 함께여서 행복한 그래서 무한한 설렘으로 내일이 기다려집니다. 감사합니다.

시인, 문파문학회 회장 | 윤복선

contents

파아란 하늘에 깃든
풍금소리

지연희

한국수필(1982년) 월간문학 신인상(1983년 수필). 시문학
(2003년 시) 신인문학상 당선, 사)한국문인협회 수필분과회
장 25대, 26대 역임, 사)한국수필가협회 이사장역임. 사)한국
여성문학인회이사장(현). 사)현대시인협회 이사. 사)한국시인
협회 회원, 계간 『문파』 발행인. 수상 : 제5회 동포문학상 수상,
제11회 한국수필문학상, 대한민국 예총예술인상, 제9회구름,
카페문학상 수상, 제30회 동국문학상 수상, 제12회 조경희수
필문학상 수상, 제58회 문인협회 한국문학상 수상. 저서 : 수
필집 『식탁 위 사과 한 알의 낯빛이 저리 붉다』 외 16권, 시집
『메신저』 『그럼에도 좋은 날 나무가 웃고 있다』 외 8권, 작품
론 『현대시작품론』 『현대수필작품론』 『지연희작품세계』.

안부

디코이

엄-니

달

껍질

안부

당신의 침상이 앙상하게 비어있어요
꽃 자줏빛 단풍이 눈이 부시게 출렁이던 날
당신은 그렇게 흘러갔지요.
시간과 사람과 기억이 유성처럼 멀리 흐르는 사이
남은 우리는 망각 속에서 길을 잃었어요
문득문득 잃어버린 시간을 되돌리며
아침밥을 먹고 점심을 먹고 어김없이 저녁을 먹고,
그럼에도 기가 막히게 태연하네요, 다만
굳이 안부는 묻지 않아도
살갗에 스며드는 싸늘한 겨울바람의 유희
희디흰 하늘 옷자락이 당신의 새집에 커튼을 치는
당신의 가슴에 까마득히 스며든 묵직한 한기를
두툼한 얼음 상자로 전송받고 있지요
이 견고한 지하의 흙내음

맨몸의 맨발의 당신은
사시나무처럼 떨고 있다는

디코이^{decoy}*

가파른 숨으로 달려가고 있어요 당신의 그윽한 푸른 눈빛이 달콤
해서지요 그 현란한 깃의 춤사위는 진실이겠지요 당신의 깊이 속
으로 스며들고 싶어요 조금만 더 다가서야겠어요 차디찬 얼음덩이
처럼 단단한 손길이, 깨어지지 않는 죽음이 허공 위에 메어있군요

숨결을 잃어버린 생명이 생명일까 생각하고 있어요 그러나 지
금, 나는 길 잃은 물새처럼 흥건히 젖어있는 당신, 당신의 사정거
리 안으로 진입해 버렸군요 들짐승 한 마리가 포효하고 있어요 사
방을 돌아보지만 탈출구가 보이지 않아요 - 진실을 포장한 파랑
새, 파랑새

---

* 디코이decoy : 사냥에서 들새나 들짐승을 사정거리 안으로 유인하기 위하여 만
든 모형 새.

엄·니

야생동물의 서식지 아프리카 보츠와나 밀림의 숲속으로 달려간다

약육강식 빗발치는 경계의 눈빛들이 사방 웅크리며 생존을 향한
잔인한 도륙의 냄새를 발산하는 곳

그럼에도 사람의 이름을 단 무법자들에 희생되는
코가 길어 슬픈 밀림의 신사들, 그들의 무리가

귀족의 황금알을 노리는 무뢰한 발자국에 짓밟히어
가뭄의 마른 강바닥 위에서 잔혹하게 숨을 빼앗기곤 한다

척추를 포박하고 얼굴을 토막 내어 겹겹의 울분으로 쌓아 올려진 그들의
무덤에서는, 非命의 영혼들이 연주하는 통한의 울음소리가 흐른다

조심조심 지뢰밭을 피해 찾아온 아버지 이웃 형제들이 모여
죽은 가족들 앞에 머리 숙여 애도하는 슬픔, 하늘을 찌르는

장엄한 베토벤의 레퀴엠 우 우 우 우

달

중천을 향해 달려오던 저 둥근 불꽃
빠른 보폭이 선을 넘는 성급함으로 가시덩굴에 걸리고 말았다
자지러지게 붉어진 달의 중심축에 그믐 결 같은 상처를 짓고
붉은 피를 쏟아내던 하루.
내 의식은 깊은 무덤 속에 갇히고
눈을 뜨고서도 그냥 절벽으로 떨어지던 시간들
숨이 멎는 듯한 공포의 나날들이 맑은 시냇물 소리로 흘러가고,
한없이 두렵던 계절이 지나 비로소 일어서고 있다

파아란 하늘에 깃든
풍금 소리

껍질

굴피나무 마른 살갗이 분말 가루처럼 부서져 내린다
제 몸의 발목쯤에 뿌옇게 내리고 있다
시간의 깊이를 다듬느라 견고하게 마른 나이테 사이로
물기라고는 햇살 작열하는 사막의 모래사장이다
아무도 관심 두지 않는 아버지 소실消失의 역사가
걸음걸음마다 흥건하다
건드리면 쓰러지고 말 팔십 고개 거뭇한 몸을
파리한 낯빛으로 곧추 새우는 일
까무룩 한 아버지의 하루는 단단하게 굳어
갈라진 발뒤꿈치로 언제나 핏물이 흐른다
겨울 재래시장 좌판에 서서 꽁꽁 얼어붙은 하루를
토막 내며 겹으로 겹으로 쌓인 굳은살

세숫대야에 뜨거운 물을 담아 아버지 상처를 불리는데
뿌연 수면위로 둥둥 떠오르는 아버지의 껍질
비릿한 내 살갗들이 우수수 일어선다

눈이 발보다 앞서는 계절에

사공정숙

2005년 『문학시대』 시 부문 등단, 1998년 『예술세계』 수필 부문 등단. 계간 『문파』 주간 상임운영이사, 한국수필가협회 운영이사. 문학의 집·서울 회원. 수상 : 한국문인협회 제11회 월간 문학상. 저서 : 수필집 『꿈을 잇는 조각보』, 산문집 『노매실의 초가집』 『서울시 도보 해설 스토리북』, 시집 『푸른 장미』 등.

가을 산책

눈ﷲ이 발보다 빠르다
한낮의 가을,
주춤주춤 거리를 좁혀 가면 빛의 절벽이 보인다

떨리는 빛의 진동 너머에서 오래된 잠과 잠 속에서도 쉬지 못하던
호흡과 떨어지던 비의 지문과 무색의 태양이 깊은 소ﷲ에 메아리가
머물듯 둥글게 지난 계절을 복기하며 다시 한판의 생을 모의 중이다

마우스가 복기한 판들을 지워나가면 색이 입혀진다, 졸음이 쏟아진다
추억은 늘 기억의 선택이었다
푸른 권태도 지우개 아래에서 내일의 행보를 물었다고 한다
스스로 지우개의 먼지를 털어가는 나무들
돌아오겠니?
절벽 앞에서 질문을 던지자
바스락 발치까지 쌓이는 나비의 잠이 먼 전생을 마중하러 나왔다
눈이 발보다 앞서는 계절에

꽃수를 놓으며

신의 놀이터에서 생의 고비마다 새겨가는 문신
일기장을 들추듯 한 바늘씩
내밀한 이야기들을 풀어낸다
장과 장, 플롯과 플롯 사이에 편집 가위에 잘려간
여름 태풍과 겨울의 황폐함이 있다
멀리 회오리를 남기고 조용히 사라져간 그들 앞에
환한 얼굴의 그녀들이 웃고 있다
때론 졸린 수련의 모습으로 웃는다는 걸 기억하자
다시 생각의 버튼을 정지하고
화려했던 어느 하루를 떠올려 지루한 인화 작업에 들어간다
따끔한 일침의 무한반복이 이어지면

아프다
슬프다
힘들다
얼마나 다채로워야 하나
숨은 한숨과 탈락한 이야기들이 새어 나온다
뒤집어보면 혼돈의 매듭으로 가득한 벌판이다
사방이 가시여서
맨발로 건너온 누더기처럼 기운 시간들의 얼개가 보인다

흐트러지고 퇴색하는 매듭, 이제 꽃의 뿌리로 살아
쭉정이 씨앗을 맺어
설익어 떨어지는 열매를 품더라도
우리 모두 허공에 복기한 꽃의 순간을 기억할 것이기에
시들지 않는 꽃으로 새긴다

신의 놀이터에서 환하게 웃어본다

꽃을 위한 수인手印

기쁨은 떨어지는 순간들의 모임이다 멀고 가까운, 높고 낮은, 닿을 수 없는 거리에서도 떨어지는 기쁨이 있다 허공의 바닥은 있거나 없거나 꽃은 핀다고 한다

우주의 어느 뒷골목에서 날린 종이비행기를 손바닥에 받아본다 손바닥 높이만큼 빼앗은 기쁨의 총량, 팔을 뻗어 다시 하늘 높이 날려 보낸다 모자란 셈이 더해진다

당신에게 멈춤이란 청룡 열차의 아찔한 낙하를 예비하는 것이냐며 찻잔에 바람을 따르며 묻는 어리석음도 있다

떨어짐은 독립선언서를 낭독하는 일, 매달린 자의 굴욕에 마침표를 찍는 신성한 기도와도 같은 것, 부푼 사랑에 종지부를 찍고 석양을 향해 걸어가는 뒷모습을 당당하게 보여주는 것,

태양 위를 날던 이카로스의 후예를 허공에 길을 낸 존재라고 말하지 않겠다, 영원을 약속한다는 거짓말도 않겠다 떨어지는 기쁨의 면면들을 불러 모아 함께 환희의 땅에 들겠다

올라갈 땐 보이지 않던 나의 세계가 떨어질 땐 원만한 무지개의 각도로 포물선을 그리거나 가속의 열꽃을 감당할 빗줄기와 짝을

지어 내달아

  환희의 송가를 부르며 순간이 흩어져간다 기쁨도 흘러간다
  오른손이 왼손의 검지를 감싸 안은
  적정의 고요를 품은 꽃의 수인 속으로

자기소개서

실금 간 관음죽 화분에 테이프를 붙여 놓았다
무심한 계절이 몇 번인가 지나가고 그녀는
이렇게는 살 수 없다고, 참을 만큼 참았다고
어느 날, 소파에서 빈둥거리는 내게
쩌-억 둔탁한 비명을 지르며 자신의 속내를 던져 보였다
그녀의 언어는 이파리를 키우고 포기를 늘리는 일일 뿐이었다
대지의 무한한 영양을 바라지는 않았으나,

운명에 삿대질을 한 것이다
스스로 자신의 집을 동댕이친 것이다
훔쳐본 그녀의 뱃속은 남루하기 짝이 없었다,
기름진 뱃살은 먼 과거와 미래의 모습일 뿐
창자와 실핏줄만 가득한 그곳을 내보이며
살아야겠다고, 살기 위해 크게 울어 보인 것이다

절명시는 이렇게 쓰는 거라고
죽을지언정 유언을 남기는 豪奢란 이런 거라고 말해 주었다

여름밤 개구리 우는 소리
여름 밤낮으로 매미 우는 소리
봄날 꽃들이 몸 흔드는 소리

눈이 발보다 앞서는 계절에

두 음절인 개구리의 개-골 매미의 매-앰
개구리와 매미의 전 生이 그 음절 사이에 놓여 있듯이

길고 긴 자기소개서를
집에서, 거리에서 배우고 익혔으나
세상에 첫발을 디딜 때 울음소리보다 약한 소리,
관음죽 화분이 깨지며 내는 소리보다
숨죽이며 내는 나의 선언문은
늘 배부른 문장이었다

이사

나를 중심으로 컴퍼스로 원을 그려요
오아시스를 찾아가는 낙타의 등에서
주연이자 조연인 연극무대와 스위트룸이 만들어져요
셀 수 없이 많은 미로의 거미줄도 햇빛에 반짝입니다
그렸다가 지우고 만들어가는
사라져감에도
재생 버튼으로 환영의 신기루가 차창 밖으로 스쳐 가요
내가 무거워지거나 낡고 해지면
또 다른 동그라미를 그립니다
두 개의 세계 사이에서 엇박자의 시차로
내가 있기도 하고 없기도 하고
미리 가 있거나 다시 돌아와 서성이거나
버릴까 가져갈까,
선택에 지쳐 허물어진 위태로운 가장자리 위로
문득 선물처럼 돋아나는 풀잠자리 알을 봐요
그래도 내가 끌고 다닌 동그라미들에는
이마에 표지가 붙어 있다고 믿고 싶어요
크기는 신경 쓰지 않았죠
작은 점 하나와 우주가 다 같은 크기라고
기도로 둥글어지는 동그라미도 있다고
나이를 알 수 없는 컴퍼스가 가르쳐 주었거든요

눈이 발보다 앞서는 계절에

곡간의 추억들 한 편씩 꺼내어 보며
젊었을 적 시절로 되돌아가련다

박하영

전남 함평 출생. 『창조문학』 시 부문 신인상 당선 등단. 현대
수필, 분당수필 회원. 창시문학회 회장 역임, 한국여성문학인
회 회원, 문파문학회 고문. 수상 : 창시문학상. 저서 : 시집 『직
박구리 연주회』 『바람의 말』. 수필집 『별 본 밤』.

나를 점검하는 시간

내 마음속에 펑펑 샘솟는
우물 하나 파 놓았는지

목마를 때 물 한 바가지 내어줄 수 있게

내 가슴속에 예쁜 꽃밭 하나 가꿔 놓았는지
인정에 메마른 세상 촉촉이 적셔줄

한 아름의 꽃다발을 만들어 줄 수 있게

내 머릿속엔 걸어서 세계 속으로
지도 하나 그려 놓았는지

답답하고 우울할 때 훌쩍 떠날 수 있게

내 주머니 속에 여유로운 지갑 하나 넣어 놓았는지
따뜻하게 마음을 열어 고마운 이들에게

넉넉히 베풀고 자유롭게 쓸 수 있게

내 기억 속에 잊히지 않는 사람들 주소록이 있는지
가끔 외롭고, 생각날 때 불러내어

가슴을 열고 옛이야기 나누며 수다도 떨 수 있게

곡간의 추억들 한 편씩 꺼내어 보며 젊었을 적 시절로 되돌아가련다

인연

옷깃만 스쳐도 인연이란다
한자리 앉아 담소하는 건 더 큰 인연
한평생 함께 살고 있으면 억겁의 인연
미우나 고우나 자식 낳고 잘살고 있으니
거부할 수 없는 찰떡같은 인연
당신과 나 꽁꽁 묶어 떼려 해도 뗄 수 없는
하늘이 천상배필로 맺어준 인연
누구보다 위해 주고 보살펴주는
없어서는 안 될 주춧돌 같은 인연
그 인연 다할 때까지 온갖 비바람 물리치고
오로지 건강하게만 살고 지고

밤마다 별을 헤아려 보지만

광활한 지구 한 귀퉁이
점 하나 찍고 살고 있는데
끝없는 우주 어느 떠돌이별에
머물러 있는지 모르는 너
숱한 별들이 지구 위에 반짝이듯이
너의 별도 빛나고 있겠지
밤마다 별들을 헤아려 보지만
오늘도 다 헤아리지 못하고 잠이 든다
날개 달고 우주 끝까지 날아보지만
지쳐서 깨 보면 아득한 꿈속
마음은 훠이훠이 무한대를 날아
흔적 없는 너를 찾느니
정녕 밤하늘 별이 되었다면
오늘 밤 한 줄기 또렷한 빛으로
무한한 빛을 내게 쏘아주기를

곡간의 추억들 한 편씩 꺼내어 보며 젊었을 적 시절로 되돌아가련다

곡간처럼 쌓인 추억

기억의 창고에 곡간처럼 쌓인 추억
꺼내어 젊었을 적 푸른 물감을 펼쳐
아름다운 수채화를 그려 볼까

그날의 풋풋한 우정과 싱그러운 사랑
초록 노랑 연둣빛으로 쑥쑥 자라 오르는
연리지를 그려볼까

세월이 흘러 잊힌 친구들
다시 그곳으로 돌아오라고
학교 뒷동산 풍경화를 그려볼까

이젠 살아갈 날이 얼마 남지 않는 지금
기억의 창고에 쌓인 곡간의 추억들
내 보물의 1호로 자리 잡고 있어
누가 뭐래도 난 든든한 마음의 부자

외로울 땐 곡간의 추억들 한 편씩 꺼내어 보며
젊었을 적 시절로 되돌아가련다

흐린 기억을 닦고 닦으니

네가 보낸 편지는
색 바랜 누런 종이에 깨알 같은 글씨
사연도 잊고 글씨체도 잊은
아주 오래된 편지
그 편지가 오늘 되살아나
너의 안부를 묻는다
얼마나 오랜 세월이 흘렀기에
이름조차 아련할까
그렇게 지워졌던 너를
오늘 다시 기억할 수 있게 해줘 고맙다
이젠 나도 널 잊지 않고 기억할게
흐린 기억을 닦고 닦으니
어제의 일처럼 선명히 떠오르는 얼굴
그만큼 우리는 긴 세월의 강을 건너왔구나
더 저물기 전 우리 다시 만날 수 있을지
지난 세월 못다 한 얘기 나눌 수 있다면
그건 아마 꿈이겠지

과거에 연연하는 나를 보고
이별이 웃는다

전영구

충남 아산 출생. 『문학시대』 시 부문, 『월간문학』 수필 부문
등단. 사)한국문인협회 감사 역임, 사)한국수필가협회 회원,
대표에세이 회원, 경기 시인협회 이사, 경기 한국수필가협회
부회장, 수원시인협회 이사. 수상 : 한국수필 작가상, 수원 문
학인상, 백봉 문학상, 경기 한국시인상, 경기 한국수필 작품
상, 대표에세이 문학상. 저서 : 시집 『후에』 외 5권, 수필집 『이
따금』 외 1권.

하여, 물었다

하여, 아프다

하여, 잃었다

하여, 지금은

하여, 척했다

하여, 물었다

누가 알까
사랑만 꿰고 있다가
이별로 풀어 헤쳐진 아픔을

눈 부셔도
부신 줄 몰랐으니
이별로 가는 길을 가리켜도
망연히 바라만 봐야 했다

모두를 벗어 버리고
그때로 돌아갈 수 있을까
하여, 물으니
과거에 연연하는 나를 보고
이별이 웃는다

하여, 아프다

흔한 자비는 없었다.
말미를 달라는 애원에도
흔한 배려도 없었다.
애초
그대는 아픔만을 주려 왔으니
고통의 수위를 지시받는 아바타처럼
그리하는 줄 알았다

하여, 나도 그랬다
아플 사랑은 아랑곳없이
추억이 희미해질 때까지
기억을 마구 휘저어
망각의 자충수를 두고 말았다
하니, 나만 아프다

하여, 잃었다

기억을 펼치니
다짐을 어지럽히는
아픈 이야기가 보인다.
넋을 잃었거나
영혼을 덮었거나
아릿한, 그날
슬픔에 쫓기기 전에
서둘러 덮어버린 망할 사랑
측은에서 벗어나
빈자리만 힐긋거리는 청승을 떨고도
아플 채비를 하는 몹쓸 가슴

부질없는 고통은 면하고 싶었다
하여, 무작정 잊기로 했다

과거에 연연하는 나를 보고 이별이 웃는다

하여, 지금은

꽃 지듯 마음 진 지금 마른침 삼키고
고통 안에 있는 덧을 벗겨내니
그대도 아는 이별이 있다

무얼 선택하든 기억에 귀속될 상처가
가슴을 허물어도
오래도록 나였던 그대를
이별 안에 이리도 오래 담아둘지 몰랐다

아픔에 밀려 포기한 적 없었다는 호기로 버틴 시간들
그리움 지운 영혼 속에 눈물조차 버리고 갔다
하여, 지금은 볼멘 근신 중이다

하여, 척했다

다른 곳으로 가지도 못했고 가려하지도 않았다
무용담은 아니지만 그리 알아주길 바란 적
있다

힘겨운 척, 아픈 척 혼자 하는 철없는 투정이
몹시도 낯 뜨겁게 하지만 그렇게라도 알아주길 바란 적
있다

그대처럼 살 수 없으니
나처럼도 살지 않을 거라 한 적 있다
하여,
잦은 독백으로 인해 처절한 독박을 썼다

과거에 연연하는 나를 보고 이별이 웃는다

플러스마이너스마이너스플러스
이것이 인생이고 속도의 정의다

장의순

『문학시대』시 부문 등단. 한국문인협회 회원. 용인문협회원,
문파문학회 이사. 창시문학회장 역임. 한국여성문학인회 회
원. 수상 : 문파문학상, 창시문학상. 저서 : 시집『아르페지오
네 소나타』『쥐똥나무』.

바람 소리 2

윙~ 위~잉
예리한 휘파람 소리
막힌 바늘귀를 뚫고
굳어진 뇌 세포의 혈을 풀어준다

시인 서정주는
'나를 키우는 것 또한 8할이 바람이다'라고 했다
시인과 바람 내 문학의 바탕도 바람이 아니었을까
보이지도 잡히지도 않지만
청각으로 촉감으로
그 울림은 잠자던 영혼까지 일깨운다

하지만
내 바람의 詩는 잡히지 않는
아득한 허공에서 떠돌 뿐
아무리 용을 써도
한 편의 詩도 마음에 들지 않아 오늘도 허탕을 친다.

속도의 정의

손이
상대편의 얼굴에
번개같이 내리 닿으면 폭행이요

손이
상대편의 얼굴에
천천히 느리게 닿으면 애무다

사랑과 미움은 타이밍이다
그때를 맞추지 못하면
사랑도 미움도 비껴간다

좋은 것과 나쁜 것
플러스 마이너스
마이너스 플러스
이것이 인생이고 속도의 정의다.

가붕개

정치가들이 만들어 낸 신조어
가붕개는 가재 붕어 개구리의 준말
밀리고 쳐진 볼품없는 낙오된 사람을 가리키는 말이란다

가재 붕어 개구리
어린 시절 향수를 불러주는 귀여운 생명체를
네 무슨 자격으로 훼손하는가
우리의 정서 속엔 고래, 코끼리는 없어도 가재 붕어 개구리는 살아 있다
산골짜기에 졸졸 흐르는 물속 돌을 들쳐 보면 가재가 꼬물꼬물 나왔다
장난감이 귀하던 어린 시절 가재는 보기만 해도 재미있었다
쪽대로 풀숲에 붕어를 몰아 잡는 오빠 뒤를 깡통을 들고 쫓아다녔던 일
여름, 비 오는 무논에서 와글와글 개구리들의 합창과 이중창을 잊을 수 없다
다빈치가 해부도를 남긴 것도 그의 외삼촌이 다빈치를 데리고
이끼 낀 풀밭에서 개구리를 잡아 해부하는 것을 보여줬다
천재는 동물적인 기상이 번득이는 어린 시절에 형성된다고 한다
그때 그 개구리가 없었다면,

가재 붕어 개구리를 누가 최초로 가붕개라 했을까
왜 아름다운 우리의 고유명사를 머리만 두고 잘라 버렸을까
ㅎㅎㅎ무거워서,
소중한 생명체들이 때 묻은 정치꾼들로 인해 불구가 되었네.

세월을 재촉하면서 산다

겨울, 칼 추위에 시달리면
어서 봄이 왔으면
따스함을 기다리며 산다
여름, 찜통더위에 시달리면
어서 가을이 왔으면
선선한 바람을 기다리며 산다
이래저래 혹은 막연히
더 좋은 내일을 바라며
세월을 재촉하면서 살아가는 것이다

사람들은 세월이 유수와 같다는 둥
화살과 같다는 둥
붙잡을 수 없는 시간이 아까워서 한탄하지만
변화하는 계절 속에 우리는 넘치도록 행복해 왔다
모두가 욕심일 뿐이다
누군가 세월을 붙잡을 수 있다면
그것은 마지막 순간일 것이다

유한한 우리의 삶을
바퀴 달린 시간에 채찍을 가하듯
기다리며, 재촉하며
마침내
아쉬워 뒤돌아 볼 겨를도 없이 그냥, 굴러 굴러가는 것이다.

벽

부딪쳐야 새로운 길이 열린다
나는 수십 년을 흰 면 빨랫감은 반드시 삶았다
도톰한 면양말과 수건과 속옷까지 양은 찜통 한가득 삶아
두 번씩 세탁한 셈이다
이제 힘이 벽에 부딪쳐 그냥 햇볕에 여러 날을 말려보니
새하얗게 바래진다
그간 많은 시간을 낭비하였다
그 많은 시간에 책을 읽었다면, 시를 썼다면

햇빛이 해결하지 못한 일이 있었던가
내 푸르던 젊음도 햇빛이 하얗게 바래 먹었지
벽에 부딪친 마지막 에너지가 밝혀낸 지혜가 내 손을 돕는다
괜스레 가루비누를 처넣어 이글거리는 불 위에 올려놓고
삶고 삶아서 고무줄이 터지고, 끝내 바닷속까지 더 오염
시킬 이유가 없었다는 것을 이제사 깨닫는다

아조 할 수 없는 날의 반동이다.

검은 천 들추고 빼꼼, 올 것 같아
어둠을 붓고 있다

김안나

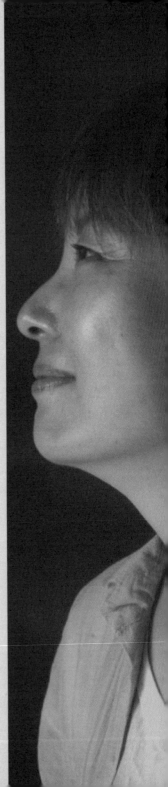

본명 김영애. 사)한국문인협회 이사, 사)한국수필가협회 이
사, 사)한국문인협회 용인지부 부회장, 문파문학회 사무국장.
저서: 시집『오래가는 법』외 4권.

수평 들어가기

지위와 기품 같지 않다
학력과 인품 같지 않다
재산과 베풂 같지 않다
글과 성품 같지 않다
같을 수도 같아지려고 할 수도 있는
경우의 수 몇 개 아슬한 중심

젖힌 기도로 들락거리던 헛바람 빠져나가고
마음과 마음 사이 평평한 다리 놓이면
올바른 균형 맞잡고 가는 하나의 생각
가벼워야 열리는 수평의 문.

김안나

공수래공수거 空手來空手去

나폴대는 명예 내 것인가
유혹하는 재산 내 것인가
겁 없이 오르는 지위 내 것인가
세상 휘어잡을 위상 내 것인가

모든 건 하늘 아래 떠다니는 부유물
내 것 하나도 없는데
부릅뜨며 움켜주려는 애처로운 손

검은 천 들추고 빼꼼, 올 것 같아 어둠을 붓고 있다

그리움은 쑥쑥

콩나물을 키운다.
사 먹으면 될 텐데 뭐하러 일을 만들어하나
그리움을 모르는 사람들은 그런다

방에 시루 들여놓고 쪼개진 바가지 기울이던 울 엄마
검은 천 들추고 빠꼼, 올 것 같아
어둠을 붓고 있다

안부

잊지 않기 위해 잊히지 않기 위해 전화했어
지워야 할 사람이라면 무거워지기 전 이미 놓았겠지만
예고 없이 네가 궁금해
시간 없어서, 바빠서 연락 못했다는 것은
관심 없는 구구한 변명
오로지
너의 오늘을 묻고 싶었어.

잉여인간 되지 않기

탱글 하던 피부는 오뉴월 물간 생선

눈은 발등만 보는 돋보기

배려, 양보는 1도 없는 늘어진 고집

시도 때도 없이 파닥거리는 팔랑 귀에 앉은 촉새

엉덩이 붙이고 앉아 나이 따지며 까닥거리는 한심한 검지

정화되지 않은 입 화살 쏘아대며 멀미 나게 도돌이하는 라테

돈 얹어주고 데려가라 해도 더 얹어주고 줄행랑

초고속으로 달리는 시간에 어떻게 잘 살아가야 할지 숙제가 수북하다.

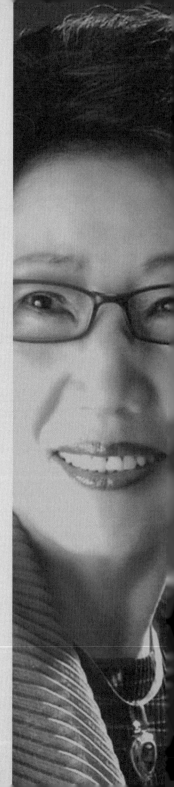

밤은 상승하는 것들로 붐비고
마음은 잦아드는 것들로 붐빈다

백미숙

한국문인 2005년 시 부문, 2010년 수필 부문 등단. 계간 『문
파』 명예회장, 한국문협 이사, 한국문인 상임이사, 한국수필
부이사장역임. 국제PEN한국본부, 문학의 집·서울, 한국여성
문학인회 회원. 수상 : 새한국문학상, 한마음문화상, 문파문
학상 외. 저서 : 시집 『나비의 그림자』 『리모델링하고 싶은 여
자』 『오늘도 그냥』 외, 공저 『한국대표명시선집』 『문파대표시
선집』 『성남문학작품선집』 『한국문학상수상선집』 『한국현역
시인명시선』 『문단실록』 『한국시인사랑시』 외 다수.

어디로 갔을까

한쪽 가슴 도려낸 여인처럼
벌-건 속살 열어 내놓고
긴- 한숨 토해내는
판교 신도시 공사 현장

차디찬 철판 담장 가려지기 전에는
소나무 떡갈나무 밤나무도 많았는데
나무 위 둥지에 살던 그 많던 까치들은
모두 어디로 갔을까

내곡터널 오가는 길가에 앉아서
어린애처럼 깔깔대던 개나리며 들국화는
머리칼 붙들린 채 다 끌려나가고
무심한 덤프트럭만 들짐승처럼 분주하다

갈무리

서산마루에 내려앉아
붉게 타오르던
불덩이 하나
타닥타닥
가을 산을 태우고
산등성이 넘어가면

맨살의 몸으로 부딪혀
하얗게 빛바랜
하현달이 떠올라
정체모를 그리움으로
가 닿을 수 없을 만큼
스며드는 사랑

바람이 솟구친다
밤은 상승하는 것들로 붐비고
마음은 잦아드는 것들로 붐빈다

세포 분열하며
솟아오르는 그리움
가슴속에 갈무리된

지워지지 않는 흔적
아슴푸레한
얼굴
하나

어머니의 얼굴

이른 아침 세수를 하고
고개 들어 수건을 집어 드는데
거울 속에 스치는 어머니의 얼굴
밑으로 처진 눈꼬리
실개천 같은 주름 세 가닥

한평생 아버지의 술타령을
자장가처럼 가슴에 품고
하늘 높이 날고 싶은 날갯짓
단 한 번 하지 못하고
평화롭게 잠들어버린
주름진 어머니의 얼굴이
내 얼굴에 겹쳐서
거울 속에 잠겨있다

아직은 이른 봄

뼛속 깊이 파고드는 추위 견디며
한 점 부끄럼 없이
당당하게 서 있는
뭉텅뭉텅 전지한 가로수에서
소곤소곤
생명의 숨소리 들린다

봄, 햇볕 따뜻하다

그러나 아직은 이른 봄
갈색 산모퉁이에
조산아처럼
서둘러 꽃망울 터트린 산수유
어린 새색시 눈길 머물게 한다

연둣빛 푸성귀들
능선 따라 앞다투어 고개 내밀고
마음 깊숙이 움츠렸던 사랑
냉이 캐는 손끝에 묻어난다

헤드라이트

놀라움에 짜증이 난다

까마귀 등 깃털처럼 어둠이다

언제쯤 끝이 날까

압축된 유전자가 켜켜이 씨앗 속으로 쌓이고
서랍 속 가지런한 순서가 깜빡인다

점령군들이 달려가는 동굴에서
희망의 원근법을 발견하고 안테나를 세운다

여행은 별똥별의 자유지만 궤도를 이탈하면 안 된다

별도 힘을 잃으면 지구로 떨어지는 유성이 된다
순간의 물리적 차이는 상반된 모순을 보여주는 플래시백

시골집 병든 부모님 찾아가는 캄캄한 터널길
전쟁의 양상이 아닌 개별자들의 생존투쟁인가

밤은 상승하는 것들로 붐비고 마음은 잦아드는 것들로 붐빈다

문장으로도 세상에 내어 놓지 못한
내 안에서만 그림이 되는 그림

한윤희

서울 출생. 『문학시대』 등단(2005). 한국문인협회 서정문학
위원. 계간 『문파』 편집위원. 한국여성문학인회 회원. 수상 :
제15회 문파문학상 수상. 저서 : 시집 『뜨거워지는 사각 침
묵』『물크러질 듯 물컹한』, 공저 『숨비소리』『열한 개의 페르
소나』『문파 대표 시선』 외 다수.

작약

물 위에 핀

어느 날, 풍란

초록빛 상자

쏟아지는 물

작약

당겼다 풀고 다시 잡아당겼다가 풀어놓는

밀려왔다 밀려가는 어떤 율동, 비밀은 깊고 깊어서

이 움직임은 당신의 내면

지금을 무너뜨리는 겹겹의 유혹
파득거리는 한 무리 진홍빛 날개가 정원에 쏟아놓은
진한, 이것은 누군가의 일몰

돌담 찢고 나오는 진홍빛 덩어리 그리고 그 가장자리
너울거리며 번져가는 선, 전선이 지나간다, 속이 베어나간다

키 큰 나무 아래서 무심한 듯 태연하게
몸 안팎 넘나들며 뽑아 올리는

나는 부서지고 부서지며

물 위에 핀

낯선, 환한 물빛
흔들리며 조금씩 흔들리며

물결은 늘어나면서 갈라지면서 울렁이면서 발바닥 혈점을
툭툭 건드리며 퍼져나간다 굵고 가는 결들 안에 뭉쳐 있던 것들
발등 위로 하나씩 피어난다 새벽이 피어나고 누런 종이가 피어
나고 세상의 전선들 얽히고설키면서 흙으로 빚은 꽃병이 피어
나고 빵 봉지에서도 꽃처럼 피어나는 페이스트리

발가락에 걸리는 여러 가닥의 불투명한 저녁들 간신히 선을
이어간다 식물 키우듯 선을 키운다 거실 창가에 걸어놓고 물 분
사하면 새끼손톱만 한 연둣빛 방 돋아나 문턱도 없이 균처럼 번
져나간다 물 위에 찍히는 열선

테두리도 없이 퍼져나가는 꽃잎들

누군가 발등에 겨자씨만 한 것들을 무심코 던졌던 거야

강이었거나 바다, 아니면 꿈

어느 날, 풍란

창이 갈라진다 가는 빛이 빠르게 지나간다

이른 새벽 창가에 누가 앉아 있다

가까스로 그 둘레에 앉아 멍하니 바라본다
오른발이 들리고 왼손이 올라간다
그분의 몸짓 따라
손끝은 가볍게 위로 비틀듯
가슴이 바닥에 닿도록 힘을 뺀 몸 가만히 숙여 본다
달빛 같은 얼굴에 무늬진 말도 안 되는 그 점과 선은 어떡할까요
붉은 보랏빛 점과 선이 그려진 스카프를 걸쳐 볼까요
하얀 종이 위로 가만가만 퍼져나가는 물감처럼
이 안으로 번지는 진한 노래는 어떡할까요
당신 안에 스며있는 바람 햇살 물방울
어디서, 어디서 끌어올까요

그것뿐인가요

내일 밤 잠든 사이
한 걸음 한 걸음 슬며시 멀어지실 텐데
그땐, 나 어떡할까요

초록빛 상자

그 그림이 보이지 않는다

안으로 퍼지고 번져 나갔던 선과 빛들
고요히 끓어 넘쳐, 넘쳐흐르기 직전의
여러 겹으로 포개져 흐릿한, 소멸되기 전의
심연 같은 꽃

선반 위 낡고 허름한 상자에 담아 놓았던

그 안에서만 빛나고 있던
가끔 꺼내 놓고 혼자 황홀해지다 다시 덮어 놓았던
언젠가 누구에게 보여 주려다 다시 덮어 버린
아무도 보지 못하고 들으려 하지 않던, 듣고도 무표정한

문장으로도 세상에 내어 놓지 못한
내 안에서만 그림이 되는 그림

바다 건너온 이삿짐 속을 아무리 뒤져도
보이지 않는다
설마,

쏟아지는 물

그날, 당신이 입었던 원피스 소맷자락에서 툭툭
널어놓은 빨래에서 떨어지는 물방울처럼
거실 바닥으로 세면대 위로

마주 보고 있던 우리들의 얼굴을 덮고
위로 아래로 춤추듯 떠돌던 말들
커피 잔으로 내려와 부딪히고 깨진 말들
여기, 우리 꿈속까지

몸 그릇 안에 담겨 있어야 할, 고장 난 문처럼 닫히지 않던 당신
그렇게 토하듯 쏟아져 나온 말들

이제 생각나요
당신 어깨에 무겁게 걸쳐있던 소라빛 롱드레스에
얼룩무늬가 있었다는 걸

지금, 당신의 속은 괜찮은지요

가려진 그림자가 나를 보듯 놀란
바람처럼 촘촘히 건너온다

최정우

경기 안성 출생. 중앙대학교 예술대학원 졸업. 한국문인 시
부문 신인상 등단(2005). 현)문파문학회 회원, 국제PEN한국
본부 회원, 한국문인협회 선임회원, 문협 80년사 편집위원,
동남문학회 회원, 수원시인협회 회원. 저서 : 공저 『시간속을
걸어가는 사람들』외 다수.

빛을 지우고

계절의 오후

갑자기 상상

빛을 지우고

수정체에 머물던 희미한 명암들
흔들리는 어깨 뒤로 흑과 백이 쏟아진다

턱을 괴던 발걸음이 걸어 들어와
누렇게 기록해 놓은
정지된 화면이 끝일 것 같은

필름에 맺힌 추위는
밤이 지치도록 창가에 매달렸다
숨소리가 고양이처럼 창틈으로 기어 다녔다

혓바닥이 방 안에서 들리는
빈 그릇 부딪치는 소리
골목길 벗어날 만큼의 세월이 지나간

시계는 침묵을 했고
침묵을 덧칠한 빛들이 새겨졌다

필요한 만큼의 푸른빛이 필요했는지
공간 속에 머물다 다가온
매캐한 이름 냄새

가려진 그림자가 나를 보듯 놀란 바람처럼 촘촘히 건너온다

필름에서 걸어 나와 마주보는 일상이

금이 간 사이로 이동하고 묘한

빛을 지우고

아직 끝나지 않은

계절의 오후

바람이 몸을 맡기다
말을 줄이고 바라보는 묵묵한 시선

툭툭 솟아있는 잡초들처럼 헝클어진 머릿결이
손끝에 전해오는 촉감으로 봄을 시샘하는데
이른 아침 먹먹한 눈으로 떠나가는 시간

다시는 돌이킬 수 없듯
창문이 흔들리는 소리에 놀라 네가
골목길 그림자처럼 다가서지 않을지
봄은 다가서는데

한마디
벚꽃에 앉아
말줄임표를 어둡게 묻는다

꽃잎에 물든 그림자만
점점 다가오는데
달빛이 부서지는 모서리에 앉아
신명나게 춤이라도 추어 보았으면

입김이 중력을 잃고 쓰러지듯
가슴을 베고 누워
긴 숨
너를 보다

만개한 바람, 봄을 덮는다
새벽에 피어날 무덤가에서

갑자기 상상

이상한 나를 바라본다. 내가 아닌 또 다른
회복된 순서에 맞게
나에게 시를 쓴다.
물에 비추어진 그림자를 바라보며
가벼운 듯 말을 이어 간다 떨어지는 낙엽처럼
고단한 생각이 땅으로 내려앉는다.

알 수 없다는 듯 멀어져 가는 너는
때로는 내 곁에 서서 나를 바라보다 등 뒤에
가려진 그림자가 나를 보듯 놀란
바람처럼 촘촘히 건너온다.

구도에 맞게 모서리에서 가장자리를 지키며
기다리는 상상을 열어 놓는다.
반쯤 열린다.
차가운 슬픔이 내리기 시작할 때 즈음
다가설 겨울의 소리가 불어온다.

짤막하게
슬픔의 빈틈을 기다린다.

밤의 시간을 열어놓고 살겠다는
떨어지는 흰빛을 바라본다.

반걸음 물러서서

어제오늘이 없고 아침과 밤이 없는 그 여자와 나만 있는 방

김태실

『한국문인』 수필 부문(2004), 계간 『문파』 시 부문(2010) 등단, 한국문인협회 이사, 한국수필가협회 회원, 계간 『문파』 이사, 계간 『문파』 편집위원, 한국가톨릭문인회원, 한국여성문학인회 회원, 수원문인협회 회원, 동남문학회 고문. 수상 : 제3회 동남문학상, 제8회 한국문인상, 2013년 한국수필 올해의 작가상, 제7회 문파문학상, 제34회 한국수필문학상, 제7회 월간문학상. 저서 : 시집 『시간의 얼굴』 외 1권, 수필집 『밀랍인형』 외 3권.

뒤통수

직접 대면하지 못한
거울의 도움 없이 만날 수 없는 곳
미간 역 출발하여 생각 속 기차 타고
눈 감아야 찾을 수 있는
깊고 어두운 터널 지나
후두골 감싸고 있는
그대 하고 부르면 그래 하고 대답하는
아침에 길 나서면 집 돌아올 때까지
좀처럼 눈길 주지 않는
수북한 머리칼 속에 감춰 있는 곳
봉긋한 그곳 쓰다듬으면
따뜻하게 전해 오는
나의 방패막
뒤통수 역에 다다른다

절반의 그녀

어제오늘이 없고 아침과 밤이 없는
그 여자와 나만 있는 방

가끔 몸에서 빠져나온 여자는
어릴 적 살던 집으로 떠나고
들개처럼 뛰놀던 들판을 달리며
기억을 배회하다 그 속에 머물러
배설한 찰흙을 가지고 논다
뽀얀 연기 피어올라 방을 가득 채운
창문으로 뛰쳐나가는 냄새들

진흙탕 속 여자를 건져 맑은 물에 씻긴다
아흔다섯 해를 지켜온 주름 투성이 목숨의 집
닦고 헹궈 뽀송한 기저귀를 채우면
그제야 돌아오는 그녀

땀인지 눈물인지 흠뻑 젖은 나에게
웬 땀을 그렇게 흘리니, 목욕해라
세상 따뜻한 엄마 목소리

한 시간은 낯 모르는 아기

한 시간은 엄마
절반의 그녀가 있어 살아가는
반쪽짜리 행복한 바보

청동그릇 한 점 읽어요

메모리칩에 더 이상 저장 공간이 없었나요
기억 밖에서 사람이 서성이는 걸 몰랐네요
돌고 돌아 걸려온 통화에서 알게 된 나의 죽음
나는 어느덧 저승 사람이 돼 있어요
한 번 불통이 저승이고 한 번 소통이 이승이라면
난 몇 인칭인가요. 0.5인칭인가요
꼬리에 꼬리를 물고 도는 소문은 나를 살게 해요
지하철을 타고 에스컬레이터에 오르고
인사동을 누볐어요
사람들이 헐렁하게 돌아다니고 있네요
한 번도 연결된 적 없는 우리는 누구인가요
소문의 주인공들인가요
골동품 파는 가게를 기웃거려요
누군가 만지작거렸을 청동그릇 한 점 파랗게 눈을 뜨고
등잔은 그 옆에서 지그시 눈을 감고 있어요
붓 끝이 휘돌아나간 기억을 고서화는 잊지 못해요

체크카드

푸른 지구에 뿌리내린 얼음나무
깊이 박힌 밑동이 움찔거린다
천길 크레바스 끝 사이사이 물길이 트여
얼음 발가락을 핥는 수정빛 혀
날름거리는 혓바닥에 몸을 내주는 허파
카드 속 잔고는 얼마 남지 않았다
매일 산 하나씩 허물며 얇아지는 몸피
저 유빙들, 죽음의 날개를 가졌다
깎아내리는 빙하의 눈물
살갗에 닿는 뜨거움 견디지 못해
얼음산 껍질은 사라지고, 사라지고
눈치채지 못한 섬은 잠겨들고, 잠겨들고

지구를 살려 주세요
가슴살 천둥소리로 내지른다

눈물 값을 청구해야겠다

오늘이 아직 도착하지 않은 곳
나의 지금은 미국 플로리다 열네 시간 전
한 달에 두세 번 울리는 전화선을 통해
여인의 눈물을 본다
한국 전쟁이 한창일 때 열 살 아이
전쟁의 참혹함을 작은 몸으로 맞부딪쳐야 했던 공포
그 참상 되살아나
우크라이나 사람들이 불쌍하다며 우는 언니
태평양 건너 미국 생활 40년
그녀의 가슴 아픈 눈물
여든이 넘은 과거가 현재로 달려와 파열음을 내는,

게임처럼 밀당 하며
유럽의 빵 바구니를 쑥대밭으로 만드는
러시아 대통령 푸틴에게 눈물 값을 청구하겠다
21세기 전범의 딱지를 붙이고
실록에 올라 천년을 갈 그에게
남은 생을 계산하는 방법을 알려 줘야겠다

어제오늘이 없고 아침과 밤이 없는 그 여자와 나만 있는 방

흔적뿐이었던 심장 속 붉은 열정
흰 포말 부서뜨리며 힘차게
쏟아져 내리려나

박서양

서울 출생. 카톨릭대학교 국어국문학과 졸업. 계간 『문파』 시
부문 신인상 당선 등단. 문파문학회 운영이사. 호수문학회 회
장 역임. 저서 : 시집 『리허설』, 공저 『달빛, 그리고』 외 다수.

요세미티 폭포엔 잠금장치가 있다

'폭포 가는 길'
팻말 가리키는 대로 축축한 황토 흙 산길 따라 도착한 곳
유명세 막강한 폭포가 보이지 않았다
어느 때인가 온 천지 뒤흔들듯
요동치며 흘러내렸을 방대한 검은 흔적

차디찬 칼바람에 얼굴 시린 겨울이었다
산꼭대기 시냇물 얼어 흘러내리는 폭포수 감상할 수 없다는

강추위에 수시로 얼어붙는 머릿속 기억들
힘차게 흐르던 혈류 뇌 속 생각들 단단히 얼어붙어
심장 펄떡이게 하던 열망의 소리 멈춰 버렸다

요세미티 falls
봄이 오고 얼음 녹아 시냇물 다시 흐르면
흔적뿐이었던 심장 속 붉은 열정
흰 포말 부서뜨리며 힘차게 쏟아져 내리려나

아름다운 마을 1 - It is okay it is all right

잘 닦여 말끔해진 널찍한 유리창 너머엔
만끽하라 즐기라 펼쳐진 유월 신록 한 마당
알코올 냄새 풍겨 나올 듯 깔끔한 주방
분주한 몸놀림 훤히 보이는 아늑한 식당
민둥머리 화사한 꽃무늬 스카프 상큼 두르고
야윈 얼굴에 함박웃음 가득 눈인사 나누는 그녀
'행복한 아침입니다아~'

폐 속 가득 신선한 공기 심호흡으로 끌어모으고
맨발바닥 한 발 한 발 황토 흙 밟으면
쾌속으로 충전되는 살아내려는 열망
휴양림 속 취해버린 소망의 짙은 향기
맑은 샘물 쉼 없이 들이키며 삶의 독소 뱉어내고
누렇게 뜬 병색 흔적 없이 사라져
화안하게 드러나는 피부 속 광채

'생존 확률 2% 그녀의 마지막 해 유월'
자꾸 무너져 내리는 정상세포 다독거리며
자분자분 속삭이듯 노래를 부른다
'괜찮아요 정말 괜찮아요'

아름다운 마을 2 - 본향으로 가는 길

가뭄해결사 가을비 흠씬 내린 후
직소폭포 물줄기 용솟음치며 물안개 하늘로 향했다
생존만을 위해 잠잠했던 침묵의 개울가
콸콸콸 쏟아져 내리는 물 폭탄 세례
굽은 공간 휘몰아치면 호흡이 빨라진다
급류에 휩쓸리는 당찬 존재감

여리고 지친 피부 뚫고 나온 검은 덩어리를
타향살이 포기하고 탈출하려는 것인지
이방인 존재 알려 겁주려는 것인지
생명줄은 이미
하늘 끝에 단단히 매단 지 오래

2000cc 맑은 생명수로
번뇌 따윈 말끔히 털어내면서
그제도
어제도
오늘 하루도
生의 마지막 날이었다 믿고 살았다

흔적뿐이었던 심장 속 붉은 열정 흰 포말 부서뜨리며 힘차게 쏟아져 내리려나

미완성 - 유품정리사

1

전역한 지 석 달째 스물넷 청년의 오피스텔엔
미처 뜯지도 못한 근육 키울 단백질 분말 한 통
탁자 위에 놓인 제주행 왕복티켓 한 장
새 바퀴 이리저리 굴리고 싶어 척추뼈 단단히 세우고
출발날만 기다리던 파란색 캐리어

어느 날 갑자기 生을 접어버린 청년의 부재
어쩌다 무참히 꺾여버린 것일까
책꽂이에 가지런히 꽂힌 채
전의戰意를 상실 묵묵부답인 전공 서적들
벽에 걸린 낙서판 큼직하게 휘갈겨 쓴
'삶은 꿈을 꾸고 성취하는 것 이제부터 시작이다'
무색함에 황망히 고개를 돌린다

2

낡고 오래된 재봉틀 바늘 끝에
처연하게 매달린 박음질하다 만 꽃무늬 원피스
가지런히 정돈된 냉장고 속 먹거리 틈에
선명한 글씨체로 '우리 아들 것'
화해를 기다리던 애틋한 마음 함께
조금조금 발효되어가던 과일청 항아리
끝내 뚜껑 열어보지 못한

디오게네스 in 샌프란시스코

샌프란시스코 중심가
명품숍 즐비하게 늘어선 유니온 스퀘어
묵직한 배낭 등에 메고 낡은 캐리어 양손에 굴리면서
거리의 행위예술가 위태롭게 비틀거린다
계절과는 뜨악한 때에 절은 무채색 의상
느릿한 몸놀림 꼼꼼히 쓰레기통 뒤적이지만
부스스한 머리카락 상큼한 바람에 휘날리면서
주머니 돈 탈탈 털어 맥주 한 캔 들이켜는 건
그만의 품위 유지
움츠렸던 어깨 잠시 하늘 향해 주욱 펼쳐 보인다

나라가 먹여주고 재워준대도 노 땡큐
세속 욕망 걸러낸 전재산, 등에 이고 손에 쥐고 만만세
뱉어내지도 삼켜버릴 수도 없는 지독한 우울에
뿌리째 뽑아내지 못한 쓰디쓴 불안에
시시각각 안절부절이지만
체념은 알코올과 나란히 맺은 숙명의 형제애
썰렁한 바람 속 겹겹이 챙겨 입은 옷 속에
'죽음의 씨앗' 은은하게 품고 다니면서
소멸의 징후 따윈 꿈쩍 안 하는 당당함
디오게네스* in 샌프란시스코

흔적뿐이었던 심장 속 붉은 열정 흰 포말 부서뜨리며 힘차게 쏟아져 내리려나

대도시 속 '아웃사이더'

그는 완전한 자유인이다

* 디오게네스 : 견유학파의 원조. 자신의 집과 재산을 버리고 일생을 작은 통 속에서 살면서 인생의 진리를 명상했다는 철학자

동굴 속 어둠 뚫은 환한 기별이
새봄처럼 들썩인다

전옥수

계간 『문파』로 등단(2008). 계간 『문파』 편집위원, 문파문학
회 사무차장, 수원문인협회 회원, 경기한국수필가협회 회원.
수상 : 동남문학상, 호미문학대전 수필공모 수상, 경기수필
공모 수상. 저서 : 시집 『나에게 그는』 외, 공저 『동그라미에
갇히다』 외 다수.

쪽파

겨우내 언 땅 뚫고
알뿌리에서 움 틔운 가녀린 봄
고른 이 하얗게 드러내고
꼿꼿하게 버티던 맵싸한 위엄
갖은양념으로 버무리자
비로소 요염한 자태다
혀끝을 종용하는 오감의 기류
한 올 한 올 젓가락 장단에
오도독오도독 향긋한 추임새
풀이 죽어 낭창해지기까지
흰쌀밥에 감겨 목젖을 달구는
시샘하는 봄의 내력이다

선씀바귀 꽃

조율되지 않은 선 하나 튕겨 나가 음 이탈이다

번듯한 앞자리 마다하고
뒷문 보도블록 갈라진 틈으로
힘겹게 피워 낸 노란 선씀바귀꽃
쓴맛은 누구에게나 있어요
그래야 똑바로 설 수 있거든요
제 몸에 아직 봉오리가 여럿 여물고 있어요
조금만 더 인내하기로 해요
환한 꽃향기가 증명할 거예요

종이짝처럼 구겨진 하루가 줄지어 방글거린다

동굴 속 어둠 뚫은 환한 기별이 새봄처럼 들썩인다

벼랑 끝에서

팽팽하게 조이며 감겨오던 볼트
기대와 현실의 간극이 느껴지는 순간
육각 렌치를 벗어나 제멋대로다
마모된 너트는 느슨하게 겉돌다 탄력 잃고
쨍그랑 갈라지며 날 세우던 어느 날엔
모든 혈연의 회로를 끊어 놓던 혀끝의 소용돌이
사방에 시린 불빛들 끔뻑이며 옥죄다가
기어코 잡은 썩을 동아줄 잡고 원성만 파다하다
선잠 깬 아이의 이유 없는 투정질
늘 가파르던 장자라는 벼랑 끝
상실의 하루가 모래 위 걷듯 비틀거리다
아래로 추락해 역류하던 물살에 허우적댄다

무거워진 어깨가 밤잠을 홀딱 몰고 간 새벽
창조주 앞에 비로소 무릎 꿇는다
허울뿐인 어제가 미명 속으로 소멸하고
동굴 속 어둠 뚫은 환한 기별이 새봄처럼 들썩인다

3월, 그 어린 봄

붉은 꼬리 달고
이 산 저 산 옮겨 다니며
삼월을 장악했던 화마
가마솥 엎어 놓듯 탄내 나는 염문들로
검게 물들어버린 고향 산야
계절은 들썩이며 갖은 꽃 타령인데
붉은 화마 속에 웅크리고 몸서리쳤을
3월, 그 어린 봄
불한당 같은 화염에 갇혀서도
초록을 잇는 밭은 숨소리
무릅쓰고
기어이 피워낸 저 풀빛
봄의 완승이다

붕괴

낡은 실밥 터지듯 우지끈 흘러내린 치맛단의 아찔한 기류

   끔찍한 괴물 속에 누군가 갇혔다 칼바람 극심한 날이면 시린
가슴처럼 공사 중인 콘크리트 타설 속에서는 빙하가 흘러내렸다
고향에 두고 온 가난을 괴물이 가둔 것이다 허한 속 달래던 온기
는 쏟아진 라면 국물처럼 널브러져 군데군데 붉은 상처로 남았
고 미처 사수하지 못한 안전모는 구르다 구르다 후미진 곳에 박
혀 허연 뼈를 드러냈다

   해이해진 얼굴들 하나, 둘 머리를 조아린다
거드름 피우던 고급명함이 가죽 지갑 속에 납작 엎드리고
조각난 기백은 부실한 매뉴얼 속에서 입을 닫았다
몇 날째 꼭꼭 숨어 버린 어느 가장의 어깨
찢기고 구멍 난 깃발이 괴물 더미에서 절규하며 나부낀다
방치된 난파선처럼 서서히 가라앉는 저 아우성

뜨거운 눈물처럼
홍건히 젖은 눈시울에
사랑이 흘러가고 있다

양숙영

계간『문파』시 부문 등단(2009). 한국문협 위원. 국제PEN한
국본부 회원, 문파문학회 이사, 고양문협 이사. 수상 : 제4회
배기정 문학상 수상. 저서 : 시집『는개』.

빗물방울

한여름 장대비 발자국 빗물 방울 위에 물방울
발자국 찍고 또 찍고 한 무리가 되어 흐르는
거울 비친 모습 그대로 그림자 맺히는
둥근 원의 파문들 밖으로 밖으로 밀려나면서도
온몸으로 포옹하는 빗물 방울들
뜨거운 눈물처럼 흥건히 젖은 눈시울에
사랑이 흘러가고 있다

시야도 분별할 수 없이 억수로 퍼붓는
엉클어진 심사 뒤척이며 저며 오는 삭신 마디마디에서
폭포수 같은 요란한 소리가 났다

가거라 그대로 뒤돌아보지 말고
끝없이 흘러가더라도 두려워 말고
하나뿐인 인연 붙잡고 멀리멀리 가거라
방울방울 함께여서 행복하다면 말이다
빗물이 빗물 방울 사랑한 것처럼
사랑이라고 큰 소리로 말해라

휘파람 소리

아침 햇살 한 줌 등에 지고
산을 넘는 휘파람 소리
고요를 깨우는 청아한
휘파람새의 상큼한 이야기들

가만가만 들리는
하늘가 맴도는 기다림의 기대
휘파람 따라 두둥실 날개를 편다

조금씩 조금씩 커진 조각 꿈들이
추억 속에 묻히는
그리움 하나 곱게 접어들고
휘파람새의 달콤한 말소리에 업혀
무작정 따라나서는
맑고 고운 휘파람새 소리에
묻어 있는 사랑 이야기

바다의 숨비 소리보다 더 숨이 가빠지고
한낮 햇살 담은 반짝이는 별빛처럼
아무도 눈치채지 못해도
창가에 앉아 휘파람새 소리 기다리는
가까이 곁에 와 줄 휘파람 소리
기다리고 있다

뜨거운 눈물처럼 흥건히 젖은 눈시울에 사랑이 흘러가고 있다

별빛 하나

하루가 저문 하늘가
하얀 동백처럼 외톨이가 되어
어둠을 세고 있는 별빛 하나

온몸 휘감고 달려드는
먹먹한 적막감 속에
앙가슴 헤집고 쏟아져 내리는
옹이 진 그리움

하늘 끝에 소리 없이 가닿을
간절한 기도 있어
공기의 흐름만 들리는 싸늘한 순간에도
줄기차게 까만 밤 지새는 눈빛

유성으로 흘러 흘러서
혼자서 울다가 혼자 웃다가
웃다가 혼자서 외로워 울음 우는
저 작은 별빛

잊어야 하는 기억 속에서도
잠결처럼 깜빡이는
하나뿐인 사랑인 것을

담쟁이

상큼한 숲 향기 속
창가에 나를 찾아와 반기는
여리디여린 덩굴손
까만 밤 지새우며 숨죽여 가면서
몰래 스며든 담벼락 사이
어느 허공에 인연 하나 띄우려고
점점이 박힌 작은 발바닥에
고운 사랑 품고 있는 씨앗 한 알
침묵이 쌓인 담벼락 틈에서
호랑이 같은 포효로 끈질기게 잡아 올리는
담쟁이 덩굴손, 한 번쯤 일탈을 바랐는가
잡고 있던 벽틈 밀치고
허공으로 나온 사랑
비바람도 아랑곳하지 않는
찰나의 빛으로 내게 오다니

먼지

오늘도 나는 그대 만나려고
온갖 몸짓 다 했어도 만나지 못했다
아님 만나고도 몰랐는지
앙가슴 품에 한 아름 품고
조용히 내 곁에 머물고 있다가
서로서로 끌어안고 뒹굴다가
내 눈에 보이기는 하는 건가

어쩌면 내 앞에 가득 쌓여 있어
아침이면 같이 눈 뜨고
온몸 함께 헤집고 다니다가
저녁이면 툭툭 털어 내고 잠자리에 든다는

한참을 미혹 속에 헤매다가
이제야 나의 눈에 먼지로 보이고
내가 먼지와 한통속인 것을
우리는 언제나 눈빛으로만
허공을 찾아가고 있다

영원한 미소를 띠고
이별의 종착역까지
속 깊은 햇살이 비출 것이다

임정남

경북 영주 출생. 안동 교대 졸. 교사 역임. 계간 『문파』 시 부
문 등단. 문파문학회 회장 역임. 국제PEN한국본부 회원. 한국
문인협회 문학지 육성교류위원회 위원. 문인협회 용인지부
회원. 한국여성문학인회 회원, 시계문학회 회장 역임. 수상 :
제9회 문파문학상, 제2회 시계문학상 수상. 저서 : 시집 『낮
달』 『비로소 보이는 것은』 『눈부시게』, 공저 『그래 너는 오늘
도 예쁘다』 『오래된 젊음』 외 다수.

나의 햇살

좋은 세월이다

꽃피는 봄이면

감꽃이 떨어질 때면

나의 햇살

너의 존재를 잠시 잊고 지내던
힘들고 숨이 찬 시기에도
산과 들을 걸을 때에도
건물 사이 갈기갈기 찢기는
바람 사이에도

어둠 속 까치 울음 속에서도
비에 젖어 촉촉한 마음
이파리에 숨어있어도 활짝 웃는
숲을 건너 하늘 향해 가면서
어린 시절 기억이 몽실몽실 떠오르는 날에도

마모된 꿈과 낭만을 다시 쓰게 하는
해와 달이 지나갈수록
출렁이는 세월 속에서도
바람에 날리는
젖은 그림자 안에서도 일어서는

비추어지는 마음
점점 붉어지는 사랑
영원한 미소를 띠고 이별의 종착역까지
속 깊은 햇살이 비출 것이다

좋은 세월이다

이맘때면
산과 들 집 주위가 온통 꽃밭이다
집에서 나와 건널목을 건너
잘 다듬어진 공원 성당 숲을 지나
아카시아꽃이 흐드러지게 피어
봄볕을 함빡 맞고 있다

탁 트인 작은 정원 큰 공원
자꾸만 익어가는 계절
푸른 향기의 비명이 절로 나온다

찻길 건너 굴다리 지나면
어우러진 호수에 온몸을 휩싸고 도는
가슴 가득한 충만을 이기지 못해
활짝 핀 감탄사가 쏟아진다

세월은 유수 같다더니
어느새 벌써 이 나이에 이르러
텅 빈 가슴에 이글거리는 욕망이 찾아와
오래 살고 싶은 어지러운 충만을 가득 담고
푸른 하늘 긴 호흡에 들풀의 숨소리 들으며

영원한 미소를 띠고 이별의 종착역까지 속 깊은 햇살이 비출 것이다

그대가 있음에 봄도 함께 가고 있어
마침내 너로 하여 아지랑이 같은
미지의 추상이 이리도 아름답고 설레게 하는지
그 사람의 손을 더욱 아프게 잡고 걸어간다

꽃피는 봄이면

생각이 나는
5월도 다 가버리고

봄 하늘처럼 깨끗하고 맑은
그 마음 하도 푸르러
하늘 세상 향기롭다

아랫마을 냇가 풍경
맨몸으로 만났던 이른 여름 한때
나무 냄새 풀냄새 살냄새
복잡하고 미묘하던 그 시절

물같이 흘러
바람같이 살다 가는 인생
진달래처럼 붉은 함성도 함께했지
살아보면 다 쓸쓸한 서정

모퉁이 돌아 환한 웃음
산 도적 같은 소나기
새침데기 버드나무 함께였으니

영원한 미소를 띠고 이별의 종착역까지 속 깊은 햇살이 비출 것이다

이러쿵저러쿵 말도 많은 세상
피고 지고 지천으로 날리는 매화꽃 세상
이곳저곳 순정의 꽃 피어올랐다.

감꽃이 떨어질 때면

올해는 벌써
감꽃이 피고 지고 피고 지고
떨어진 자리에는
하염없이 흔들리고만 있는 작은 영혼

봄 푸른 잎 속으로 들어 가
감꽃을 주워 먹기도 하고
목걸이 만들어 목에 걸어 주던
어릴 적 친구들 그리워라

풀 향기 가득한 웃음으로
푸른 하늘 쳐다보며
구름처럼 외로이 헤매다가
웃고만 서 있는데

봄아!
내 곁에 있어 다오
덜 삭은 추억이 자꾸 생각나
초록 잎사귀 사이 숨어 피어나는
동화 속 그림처럼
꽃과 나무에 폭 안겨본다

영원한 미소를 띠고 이별의 종착역까지 속 깊은 햇살이 비출 것이다

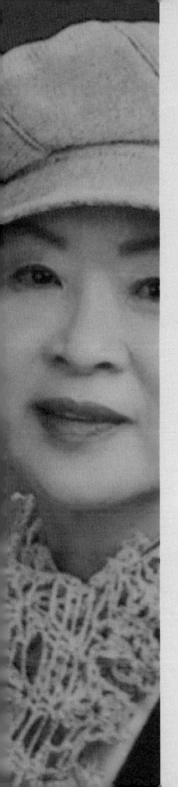

가시를 품은 봄을 싣고
아지랑이 되어 날아오릅니다

이순애

충남 논산 출생. 한국방송통신대학교 국어국문학과 졸업, 한국방송통신대학교 문화교양학과 졸업. 단국대학교 대학원 문예창작학과 재학 중. 계간 『문파』 시, 수필 부문 신인상 등단. 한국문인협회 회원, 한국여성문인협회 회원, 가톨릭문인협회 회원, 한국문인협회 제26대 동인지문학연구위원회 위원, 한국문인협회 제27대 문학지육성교류위원회 위원, 시계문학회 회장 역임, 방송대문학회 부회장 역임, 문파문학회 이사. 수상 : 제5회 경북일보 문학대전 수필 부문 입상, 2018년 시계문학상. 저서 : 수필집 『그때 그리고 지금』, 시집 『예감』.

봄 속의 가시

봄을 펼치는 것들은 가시를 품고 있어요

산새가 배앓이를 하는 것도
햇살이 아지랑이를 꿰매는 것도
눈 속에 이슬로 맺혀요

북극의 설원을 지나온 바람 찔릴수록 붉어져 겹겹을 이루고
아픔으로 춤추게 하는 것은 봄의 성장통이었죠

붉은 피 흘리는 것은 천지개벽하는 놀라운 희열이었고
얼음이 녹아내리며 피고 지는 숙연함도 손바닥에 땀을 쥐게 하는
첫사랑의 가시였습니다

매화는 햇살의 부추김에 가출했고
산새가 몸을 푸는 것도 가시에 찔린 선물입니다

부서진 향기가 아른거리며 걸어오고 있습니다
바다 위 구조된 난파선으로 남은 우리의 사랑은
가시를 품은 봄을 신고 아지랑이가 되어 날아오릅니다

이내 속의 길

이슬 맺힌 눈으로 이내 속을 걸어요 은결든 마음의 외발이 한기로 떨고 있어 제자리걸음으로 보이죠 젠체하는 호기는 아니라도 잰걸음으로 걸어보고 싶은 욕망을 길러요 태풍이 들이닥치고 꽃잎이 한꺼번에 떨어져 화들짝 놀랄 때 안간힘의 포착으로 회오리바람의 꼬리를 잡고 일어섭니다

낭떠러지의 외길을 걸으며 손에 땀을 쥐고 부르르 떨어요 밤낮으로 걷다보면 마음이 놓이는 것은 내 손을 잡아주는 바람의 숨결을 느끼게 되죠 좁은 길도 밟을수록 넓어진다는 것을 깨닫게 해주고요 비로소 실낱같은 안도의 숨이 이내 속의 길을 지나 바늘귀로 빠져나가고 있습니다

파산破産

애완견
이빨이 호랑이보다 사납다는
말
성근 별 무너져 내려
무덤이 되고

아궁이
식어간다는 민초들의
말
무덤이 소스라쳐 튀어 올라
물보다 물크러진 한숨짓는
가계

가시를 품은 봄을 싣고아지랑이 되어 날아오릅니다

쉰밥

구름을 뚫고 내리꽂히는 파리들 하늘에서 영공을 넘나든다

쉰밥에는 영락없이 파리 떼가 덤비는 법
밥은 쉬고 먹을 게 없는데
갑자기 주린 배를 움켜쥐게 되니 파리 쫓을
기운이 없다

유사 이래 처음 보는 낯선 파리들 멀리서 왔다는데
원래 날씨가 시원할 때는 파리가 없던 상식을 깨고 덤빈다
화랑의 정신도 쉰밥이 되고
'노병은 죽지 않는다.'는 말도 쉰내가 나기 때문이다

파리채도 시원치 않다는 소문 들었겠지
NSC조차 열리지 않는 것을 보면 알 만하고
문제는
문제다

하늘과 땅, 바다에서 왕왕거리는 파리떼 화약고가 되어 가는
데 만면의 미소를 더하며 그것이 희망이라고 해괴한 소리, 신형
미사일이 높이 날아도 희망이라고 기립 박수를 치는 코미디를
즐겨 보는 요즈음이다

쉰밥도 희망이더냐
음- 희망이었음

빙점水點과 비점沸點(비등점沸騰點)사이

0과 100은 무형의 존재

다 먹어버린 빙점과
넘치도록 꽉 찬 비점 사이의 간극間隙
그것은 0

더할 수도 뺄 수도 없는 숫자
안개가 삼키다 목에 걸려 토해낸
접시 위의 구슬일 수 있습니다

찾을 수만 있다면 깊은 우물 속의 보석처럼
소중한 것이기도…

빙점에 0을 더하면 비등점으로 향하는
완전한 숫자일지 모릅니다

0은 꽃 한 송이를 보고 행복을 느끼는 사람들

목소리가 갈라지도록 울부짖는 이들에게는
꼬리를 감춘 고슴도치의 몸통일 뿐

그럼에도
소한에 주룩주룩 비가 오는
돌아버린 세상 0

눈물은 시작일까요 끝일까요
피고 지는 일이 그렇듯

유 정

본명 박경옥. 2008년 계간 『문파』 등단. 한국문인협회, 수원문인협회, 가톨릭문인회 회원, 계간 『문파』 편집위원. 저서 : 수필집 『발자국마다 봄』, 공저 『문파대표시선』.

눈물의 바깥

양파 껍질을 깐다
손톱을 세우고 한 겹 한 겹 벗겨 낼수록
손끝이 아니라 눈두덩이 붉어진다

사랑으로 다친 상처는 눈물의 둥근 갈피
한 겹씩 벗겨내는 일로 기억을 지워보지만
벗겨 낼수록 슬픔은 선명해지고 겹겹이 쌓인
그리운 시간들이 껍질 밖에서 훌쩍거린다

양파 속에 감추어진 건 상처의 결
이별도 마침내는 몇 겹의 눈물을
벗겨내는 일, 벗겨내도 상처는 깊고 맵다
저 보이지 않는 뜨겁고 깊은 실연失戀
눈물의 바깥에서 아직도 글썽이는 슬픔

다시는 당신에게 돌아갈 수 없다는

눈물은 시작일까요 끝일까요 피고 지는 일이 그렇듯

눈사람

까치 바람이 사르락 눈 밟으며 지나갔어요
지난밤을 뭉텅 선잠에 빼앗기고 부신 눈 비벼
창문을 여니 마당 위에 찍힌 발자국이 삐뚜름해요

아, 눈밭 길 걸어 온 아침 기별은 덜컹했어요
금쪽같은 청춘이 홀연 생의 껍질을 벗고 떠났다니요
천근이나 되는 슬픔의 덩어리를 물고 온 까치는
눈길 밟아 밤을 걸어오는 동안 얼마나 애달팠을까요

톡톡 문자를 수신한 새의 발자국이 폭폭 젖어 있어요
어쩌나요 삼킬 수도 뱉어낼 수도 없는 참척의 아픔을
혹독하게 견디고 있을 남녘의 그녀, 문자 두드려
슬픔을 공유한다는 한 단락의 문장이 무슨 위로가 될까요
무너지는 가슴을 부축해 줄 단단한 어휘가 없다니요
행과 행이 온통 빨갛게 물들어 와르르 쏟아져요

바깥엔 누군가 새벽바람을 굴려 만든 눈사람이 서 있어요
열흘 아니 사흘이면 꽃 지듯 사라질 볼 빨간 눈사람에게
짧은 생의 깊이를 물어요 눈썹 끝에 달랑거리는 동그란
눈물은 시작일까요 끝일까요 피고 지는 일이 그렇듯

유정   111

안부

오월 숲에서 초록초록 단내가 나요 당신이 계신 그곳도 나비의
날개 같은 연두 잎이 울타리에 기대 갸웃이 웃고 있나요 오늘처럼
자분자분 빗방울이 떨어지고 작은 새 사랑 깃에 온몸을 적시기도
하나요 이런 날 괜스레 눈물도 흘리고 어디론가 바람처럼 흘러가
도 아무도 안녕이라고 말하지 않나요 말하지 않고 하루 종일 있어
도 침묵의 배후를 수소문하지 않나요 더 이상 달이 기울지 않고 늘
싱싱한가요

깊은 관절의 통증 무릎으로 동그랗게 말고 울음을 참지 않아도
되나요 이제 편안하신가요 엊그제 오월 열닷새 밤 가뭇없이 두 분
함께 머물다 가셨나요 당신이 아끼시던 넝쿨장미가 초록 대문 앞
에서 까치발을 들고 붉게 반기는 걸 어여쁘다 쓰다듬어 주셨나요
그곳에서도 콩나물 기르고 아랫목에 청국장 띄워 이웃들에게 나눠
주고 막걸리에 바락바락 주물러 씻어 낸 홍어회도 새콤달콤 무쳐
서 앞집 성님 뒷집 동상 불러내 맘껏 수다도 떠시나요 퍼주기 좋아
하던 당신의 따사한 인정 그곳이라고 다를 게 있을까요

비 그친 한 낮 뻐꾸기 소리 애처롭게 누군가를 부르고 나는 오늘
그리움에 목메어 바람 부는 언덕 애기똥풀처럼 노랗게 물들어요
이곳 안부는 어스름 뻐꾸기 소리에 내려놓으시고 부디 잘 계셔요

빈집의 하루

초록 대문 집 마당 한 귀퉁이 늙은 감나무에
검버섯이 피었다 멀어진 발소리를 그리다 지쳐
시름시름 낡아가는 중이다 해가 뜨고 또 해가 지는
시간은 무심하고 담장 위 빛바랜 장미는 바람의 잔기침에
흠칫흠칫 놀라 늘어진 귓바퀴에 무른 가시가 돋는다

창 아래 동백꽃은 올해도 서럽게 붉고
온기 잃은 안방 장롱 자개 빛은 아직도
반지르르 숨이 가쁘다 어머니의 집

장독대 오르는 계단엔 쭉정이만 남은 고춧대가
봄볕 두른 명지바람 기다리다 푸석푸석 말라가고
삐걱대는 손가락 구부려 항아리 뚜껑을 여닫던 손길
어디로 가고 빈 옹기 자배기 속 구름 한 점만
빗물에 젖어 얼었다 녹았다 살얼음이 뜬 곳

장항아리 속 젖은 구름과 색 바랜 빗물
그들도 가끔씩은 밤이면 별도 달도 불러들여
마당가 평상에 퍼질러 앉아 웃음소리 바람결 같은
늙은 할망 바지런을 노래하려나
빈집 가득 찰랑찰랑 쓸쓸하지 않게

여행

나는 가끔 그곳을 찾아가지 먼 기억 속엔 아주 익숙한 곳인데 갈 때마다 내가 새처럼 가볍고 낯설어 왜 매번 골목 끝으로 초승달이 뜨는지 몰라 그날도 달빛에 유인되어 칠이 벗겨진 낡고 허름한 나무 문 앞에 섰어 무쇠 고리를 잡아당기자 삐그덕 문이 열리네 쪽마루를 건너 안방으로 들어갔어 벽 쪽으로 아버지가 만든 무늬가 지워진 손때 묻은 오동나무 책상이 앉아 있어 숙제를 하다가 깜빡 풋잠을 자던 겨울밤처럼 아랫목 이불 속에 가만히 발을 넣고 누웠어

책 한 권 크기만 한 작은 천창이 보여 내가 가장 좋아하던 창문이야 분명 달그림자를 밟고 왔는데 작은 천창으로 파란 하늘이 보이고 하얀 구름이 찡긋 웃음을 짓네 나는 얼른 구름의 인사에 답하려고 '안녕'이라고 말했는데 소리가 목에 걸려 나오지 않아 벌떡 일어나 방문을 열었어 아, 머리에 수건을 쓰고 부엌 장작불 앞에 앉아 있는 사람, 요즘 들어 부쩍 목메게 그리운 이, 가마솥에 푹푹 고아지는 하얀 김처럼 설움이 올라왔어 그토록 보고 싶었는데 아무리 소리쳐도 일어날 수가 없어 꺽꺽 가슴만 움켜쥐다가 그만 새벽달에 쫓겨 돌아오고 말았어

나는 가끔 낡고 허름한 흑백사진 속에서 허우적대곤 해 초승달을 닮은 꽃신을 신고 내 유년의 두 칸짜리 작은 집으로 떠나는 여행은 늘 아쉬움으로 흠뻑 젖어 있어 잠을 수 없는 그리움이 꽃잎처럼 흩날리는 그곳

뒤로 돌아서 걸어보면
발자국 색깔이 보인다

엄영란

단국대대학원졸업(문학박사), 계간 『문파』 시(2010)·수필 부문(2012)등단. 문파문학회 상임운영이사, 계간 『문파』 편집위원, 한국문인협회 문학지교류위원회 위원, 한국수필가협회 이사. 한국여성문학인회 회원. 국제PEN한국본부 회원, 문학의 집·서울 회원, 한국음악저작권협회 회원. 동요 「무지개마을」 외 다수 작사. 저서 : 『그리움, 이유』, 공저 『성큼 다가서는 바람의 붓끝은』외 다수.

어떤 사랑

아흔을 잊은 젊은 날이 걸어간다

어제 모기 쫓던 부채 낡은 시계 속에 묻고
휴대용 선풍기 목에 걸었다
늙은 명아주 지팡이 땅에 얹고
먼지 먹은 양산, 파란 하늘 들길에 꽃이 핀다

열아홉 꽃신 갈아 신고 걸었던 길

어제 망각한 오늘 나들이
얼마나 큰 위안인가
웃음 사이 양반 하회탈 얹어놓고
종점엔 스무 해 훌쩍 넘긴 석상 하나
이십 년 짝사랑
화려한 외출

무지개 길

뒤로 돌아서 걸어보면 발자국 색깔이 보인다
걸을수록 출발점은 아득히 멀어 가물거리고
바로 전 순간순간들 화석으로 돋아 내 눈 보며 오롯이 웃는다

뒤로 돌아 바람을 맞아본 사람은 안다
앞이마에 부딪히던 바람 폭력이
등 뒤 어깨에 와 애무로 눕는다는 것을

뒤로 돌아서 걸어본 사람에겐 보인다
어제 발자국에 넘친 빗물이 무지개 계단이었음을
그 겨울 칼바람이 오늘 새순 움트는 숨결이었음을

뒤로 걸어보면 들린다
어제 생글했던 쑥대가 지금 목내이 되어 하는 말
"무지개는 예고 없이 뜨는 거라고"

곡비 소리

우수수
상수리 열매 부려놓고
동산만 하게 펼쳐진 잎들 시린 하늘 난도질한다
쏴쏴쏴
바람 깃에 연주되는 장송곡
자식바라기 곡비 소리다

생떼 같은 피붙이들 땡그르르 몸을 말리는 청춘

눈 시리게 파란 호수, 온몸으로 우는 어머니 함성
쏴쏴쏴
하늘까지 닿는다

뒤로 돌아서 걸어보면 발자국 색깔이 보인다

들의 축제

겨울 들길 섶

눈꽃 잎, 강아지 마른 풀꽃 불러낸다

키 큰 상수리나무 꽹과리 치며 야단이다

바빠진 눈꽃 집집마다 창을 두드린다

참새 떼들 앙상한 가지에 관객이 되어 목 축이고

말[言]달라 소리[聲]달라 그림자[景]달라 보채는 이 들길 단골

걸인의 심경心境에 징 울린다

강아지 풀꽃 무리 하얀 분칠하고 고개 갸우뚱 쳐다본다

마침내 참새 떼 깃을 팔랑이며 폭죽처럼 차오른다

무서운 빈자리

호텔 조식
삶은 계란 하나 집어 좌탁면을 부리 삼아 쫀다
실금 사이 드러내는 속살
성급히 손가락 굽혀 막을 벗기고 베어 문다
순간 짓이겨진 입술, 기어 나오는 목 막힘
마주 앉은 남자 순식간에 "여기 주스", 잔이 날아온다
저 깊은 목마름 소리 일찍 듣는 남자

어쩌다 모를 빈자리
미리 가져와
......
아무도 모르게 흐르는 눈물

뒤로 돌아서 걸어보면 발자국 색깔이 보인다

별을 캐는 가슴에
희망의 불빛은 잠들지 않는다

홍승애

경기 수원 출생. 계간 『문파』 시 부문 신인상 당선 등단(2009). 한국문인협회 회원, 문파문학회 이사, 호수문학회 회원, 한국여성문학인회 회원. 저서 : 시집 『지금 나의 창밖에는』, 공저 『잔상』 『채우지 못한』 『달빛 그리고』 『문파대표시선』 외 다수.

봄날의 화보

눈 부신 햇살 부서지는 청아한 아침
감미로운 음악 단아한 커피 향으로
우주가 눈을 뜨는 시간,
기쁨과 슬픔을 조합하는
강렬한 빛의 내레이션
극한 상념의 열병을 빛바랜 가슴에 채색한다
눈물과 미소를 한 바구니에 담으며
소중한 생명의 빛을
경이로운 조화로 엮어내는 보랏빛 무대
유일무이한 꽃을 피우는
고된 시간의 정점을 찍는다
자갈밭 가슴에 연한 풀잎이 싹을 틔우는
파릇한 하모니
표정 있는 화보를 여는 새봄이
꽃망울 출력 중이다.

여운

물 위에 달그림자 출렁이듯
그대 눈망울 속 눈물방울
웃고 있어도 눈시울에 여울지는
아련한 아픔의 그늘

어느 정오의 햇살 화사하게 빛나던
봄날의 정원에
내게로 다가온 한 마리 꽃사슴
싱그러운 바람에 묻어난 미소는
비릿한 풀잎에 스민 그리움의 향기였지
한걸음에 달려 나온, 웃어도 울고 있는 듯
너의 가여운 아픔은
풀피리 휘날리는 상큼한 휘파람이었어

네게 무엇이 되어주고 싶은 내게
위로의 말도 건네지 못하고 돌아선
화사한 여운이 남은
너의 뒷모습
비릿한 향기로 남은
그날

파룻한 봄이 피어나듯이

햇살 쏟아지는 오월의 정원에서
너를 품으며 너를 안으며 너의 굴레 안에서
뮤직 같은 길을 걷는다
화사한 꽃 같은 미소와 별처럼 빛나는 사랑이 모여
시의 파티를 여는 시간이 정오의 햇살처럼 벅차다.
가슴에 심긴 묘목이 자라
든든한 거목이 되어 울창한 숲이 되었다.
모두 함께 발맞춰 걸어온
하나님의 성지에서 지치지 않는 달리기 선수들
보석보다 빛나는 가슴 속 품어진 씨앗이
시야에 보이는 모든 순간마다
영혼 속에 잠재된 언어의 향기로
감성의 물꼬를 트는 시내가 되어 흐른다
오늘도 너를 품어 안으며
꽃봉오리 활짝 피어나는 길을 걷는다.

홀로 아득한 이 길을

생명의 빗장이 열리는 봄 바다 마른 가지
파릇한 봄 잎 하나 품으며 글썽인다

여명이 열리는 새벽
갓난아기 울음 떨려오는 차가운 바람에
손 시린 어린싹 두려움이
마음 닿을 수 없는 꽃무릇 슬픔처럼 처연하다

홀로 선 고독의 창에 옹이 진 시간
역습하는 폭우에 대항하는
고독한 날개에 얼굴을 묻는다

침묵의 저울추 가늠하는 다급해진 시간
지쳐가는 생명의 에너지가
퍼즐처럼 맞춰지는 꿈을,
풋풋한 가슴 나눌 아련함에
눈가에 시려진 아픔이
먼 산 아지랑이에 여울지고 있다.

희망 명세서

어둠 속 헤집고 나온 찬란한 빛살
땅은 비로소 생명의 노래로
거룩한 성찬을 예비하며 희망 명세서를 출력한다
엄동을 이겨낸 씨눈이
창조의 아침을 여는 태교의 노래
살아있는 사과의 싱그러운 미각으로
눈을 뜨는, 햇살 부서지는 새봄
거대한 물의 장벽이 무너지며
천둥 같은 물보라에서
환상적 오로라가 피어오르듯
고난의 시금석으로 꽃망울 터트리는
백설에 피어난 복수초 생명의 빛
극명한 아픔을 깨우는 새봄의 파발마

별을 캐는 가슴에
희망의 불빛은 잠들지 않는다

극한 빙하 뚫고 나온 생존의 삶.

노을빛 스미는 낡은 둥지
감사와 사랑을 지피며
생의 여백을 물들이리라

김좌영

청주 출생. 한국문인협회, 국제PEN한국본부, 용인한국문인
협회, 문파문학회 이사. 저서 : 시집『그땐 몰랐네』『묻어둔 그
리움』, 공저『용인문단지』『문파대표시선』.

임의 길

레몬향 그대

긴 여로

싸리문

빈 공간

임의 길

윤슬이 반짝이는 남한강을 건너
꽃길 따라 임은 가셨네

맑고 고운 바람 타고 연노랑 스카프 날리며
별하늘로 임은 가셨네

백합꽃 향기 그윽한 허허로운 공간
다시 만날 그날 그리네

노을빛 스미는 낡은 둥지 감사와 사랑을 지피며 생의 여백을 물들이리라

레몬 향 그대

우윳빛 고요가 흐르는 작은 뜨락 찌르르 풀벌레 소리
애처롭고 찬 서리 바람에 낙엽이 구르는 따스한 커피 향
이 그리운 깊은 밤 온갖 상념이 하얗게 파도를 친다

세월이 흘러도 녹슬지 않는 정∰농익은 사랑인가 혼탁한
망상인가 레몬 향 그대 천 리에 스며들고 오늘 또 하루를
닫는 범종 소리 긴 여운을 남기며 밤빛을 가른다

긴 여로

서로 다른 남녀가 만나 육십 년을 함께한
긴 세월 어찌 꽃길만 있었으랴

모진 비바람 힘들 때면 바늘과 실이 되어
밤을 깁고 낮을 수놓아 꿈을 일구던 오뚝이 인생
이제 뒤안길로 사라져간다

절체절명의 순간마다 묵묵히 지켜봐 주는 그림자
초롱초롱 빛나는 눈빛들이 희망과 용기를 주었기에
가슴 벅찬 회혼을 맞는다

노을빛 스미는 낡은 둥지 감사와 사랑을 지피며
생의 여백을 물들이리라

노을빛 스미는 낡은 둥지 감사와 사랑을 지피며 생의 여백을 물들이리라

싸리문

낡은 싸리문 빼꼼히 열어놓고 다 어디 갔지
흰 저고리 검정 치마 단발머리
눈이 고운 아이 왜 안 보일까

보리밭에 냉이 캐러 갔나 진달래꽃 따러
앞산에 갔나 제비 따라 먼 강남으로 떠났나
휭 다녀온다고 말했는데 달구지 타고
재를 넘었나, 설마

우듬지 부러진 뒤뜰 감나무 까치 고개를
갸우뚱거린다 아니야 꼭 돌아올 거야
세월을 지우며 곧 올 거야
딸랑딸랑 싸리문 흔들 거야, 그럼

빈 공간

햇살이 녹아 달빛이 되고
달빛이 익어 햇살이 되는
고라니가 새끼를 품는 솔숲

흙과 짚 풀 나무로 얽어맨
뻐꾸기 둥지 토담집
꽃나비 춤을 추는 뜨락

밤엔 솔바람 스치는 소리
낮엔 계곡물이 굽이치는
자연이 살아 숨 쉬는 공간

사랑과 영혼이 담긴 세월
저무는 노을빛에 묻고
삶을 뒤돌아보며 침잠한다

노을빛 스미는 낡은 둥지 감사와 사랑을 지피며 생의 여백을 물들이리라

간간이 문득 어쩌다가
그대 온기 그리워 몸살을 앓는다

김옥남

경북 안동 출생. 계간 『문파』 시 부문 신인문학상 당선 등단
(2010). 한국여성문학인회 회원, 한국문인협회 저작권옹호
위원, 한국문인협회 용인지부 사무국장, 문파문학회 이사,
시계문학회 회장 역임. 수상 : 용인시 문인협회 공로상수상
(2013), 경기도의회의장상 수상(2018). 저서 : 시집 『그리움
한잔』. 용인문화재단 문예진흥기금 수혜.

너에게 반했어

안개는 이슬이 되고

그대는

창백한 오후

잊힌다는 것

너에게 반했어

갈색빛에 스며든 보드라운 살결
누구나 곁에 두기를 원했고
어디서든 함께하기를 원했다
사랑받기 위해 온몸을 내어준 너
달콤 짭짜름한 사랑이다

김이 모락모락 나는 뽀얀 쌀밥 위에 올라앉은
마알간 자태, 탱글탱글한 몸매
침샘 분수는 사정없이 솟아오른다
함성이 들려온다
너와의 만남이 축제로구나
매콤달콤한 사랑이다

간간이 문득 어쩌다가 그대 온기 그리워 몸살을 앓는다

안개는 이슬이 되고

호숫가 피어오르는 작은 알갱이
풀잎 위에 내려앉는다

물방울 털어내어도
점점 더 무거워지는 무게

안갯속 길을 잃어버린 영혼
멍하니 수면 위에 머문다

눈으로 듣는
갖가지 색깔의 소리, 소리

요동치는 뇌파
사슬에 묶여버린 손, 발

그대는

인연을 끊고 등지고 살았던 시간
봄바람 타고 내게로 와
덧나 버리는 상처가 될 줄
몰랐습니다

기억 저 뒤편의 얼굴
무심히 마주한 순간
바람의 그림자 될 줄 미처
몰랐습니다

아지랑이 따라
냉이 달래 쑥 향기 퍼질 때
되살아나는 그리움으로 남을 줄
몰랐습니다

꽃잎 흩어지는 봄날
더 선명해지는 흔적으로 남아
조여 오는 심장 통증의 씨앗이 될 줄
진정 몰랐습니다

간간이 문득 어쩌다가 그대 온기 그리워 몸살을 앓는다

창백한 오후

햇살 이슬에 머물면
울컥 뿜어내는 슬픔
무엇이 이리도 아리게 하는지
알면서도 모르는 척
눈을 감는 게야

영산홍이 붉게 물든
사늘한 정원에서 그대
함께했던 소소한 일들이
바위산 되어 크게 다가오는 것은
내 마음 전부를 주어서일 게야

엄나무 새순을 보아도
알알이 영글어 가는 호두나무를 보아도
함께한 시간의 황홀함이
무심하게 툭 건들어진 게야

눈길 가는 곳마다
되살아나는 아린 슬픔
가슴에서 지우지 못한 게야

잊힌다는 것

가슴이 시리다

그 뜨거웠던 태양도 사그러들고
둘만의 오두막엔 암전이 된 지 오래
그리움, 다시 꺼내 심폐소생술을 시켜본다

우주 끝까지 같이 가자던 약속 희미해져
입술에 그림자조차 보이지 않는다

간간이
문득
어쩌다가
그대 온기 그리워 몸살을 앓는다

잊힌다는 건
가슴이 시린 일이다
생 손을 잘라내는 것보다
더 몸서리치게 아프다

간간이 문득 어쩌다가 그대 온기 그리워 몸살을 앓는다

햇살의 영롱함 아침은 행복을 그렇게 그려내지요

박진호

계간 『문파』 시 부문 신인상 당선 등단(2011). 시계문학회 회원. 문파문학회 이사. 한국문인협회 회원. 한국문인협회 성남지부 회원. 동국문학회 회원. 한국가톨릭문인회 간사. 국제PEN클럽한국본부 회원. 저서 : 시집 『함께하는』. e-mail : qjrckek@hanmail.net

기다림

기회

희망

산다는 건

아침

기다림

약간의 초조
결정적 순간 앞의
무의식적 습관

매일 그리는 갈망
어쩌면
소중할 이 느낌

연속되는
다음을
기다리는 긴장

지하철 문 앞의 행렬

기회

돈키호테의 블랙스완
일생 세 번 만나는, 만에 하나
비웃지 마라
평생 없을 일에 인생을 투자함을

극단적인 삶의 자리에 있는
네 이웃을 존중하라
산초 판자가 되어 동행했는가
지구를 구하기 위하여

희망

수탉이 울면
풀잎에 이슬이 맺혀요
지평선에 반쯤 내민
해님은 궁금하겠죠

수탉의 소리에
빨랫줄 끊어지고
기지개 켜고
눈가에 이슬 맺는 이유를

산다는 건

대나무가 서 있듯
깃발을 세우는

꽃피는 그날까지
군락의 정진

사랑
한평생 함께하는

아침

옹달샘
물 쪼는 참새의
날갯짓 위 내려앉는
햇살의 영롱함
아침은 행복을
그렇게 그려내지요

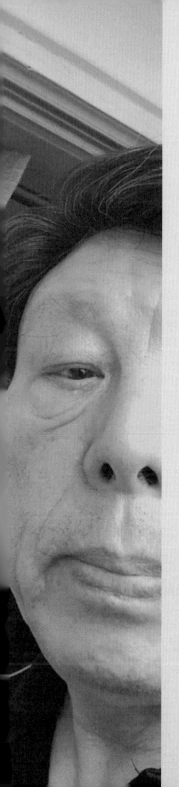

어느 별의 싱그러운 시어들이
꿈틀꿈틀 기어나오는 그 세계로

부성철

제주 출생. 한양대 졸업. 『문학과의식』 신인상 당선(2002). 한
국문인협회 역사편찬위원, 국제PEN한국본부 회원, 문파문학
회 감사, 호수문학회 회원.

안식역

오전의 침실이 낯설다
창을 넘어온 햇살이
느리게 기지개를 켠다

골목 저쪽
성주에서 올라온 "참외" 소리가
선잠 속에 맴돌다 멀어지면
그제사 부스스 일어나 밥 먹고

자고 싶을 때 자고
미운 사람 찾아 미워하고
사랑하고 싶음 사랑하고 싫으면 안 하고
아니 그건 아니고 그건 그거 아니고
아내가 웃어도 겁나고
아랫집 아저씨 인사해도 겁나고
이제 계속 안식년일 텐데
어쩌지

동네 어귀 만재한 시간들이
자꾸 웃어
혼자 떠난 여행길

어느 별의 싱그러운 시어들이 꿈틀꿈틀 기어 나오는 그 세계로

안개 서린 간이역에 내리면
그래도 살포시
바람이 시와 노랠 가져와
사넬 위로한다

갈 곳이 없다

안녕 -하루살이

날파리 한 마리
수작을 걸어 온다
이마에 앉았다가 눈 위에 앉았다가

너는 어디에서 왔을까
우주의 이치에 서 있다가
자기의 길을 마치고
또 어디론가 흘러간다

잠시 들렀던 이 세계가
너무 아름다워
빙빙 돌다 따라 따라 내리면
바람에 실려 날아가 버리는 일

윤회의 마법에 걸려
다시 이 세계에 온다면
달빛이 내리는 언덕을 지나
강을 건너
새로 날아오르렴

구름에 묻혀 아픔을 털어 버릴 것

어느 별의 싱그러운 시어들이 꿈틀꿈틀 기어 나오는 그 세계로

아름다운 말들만 기억하기
바람·별·어머니·그리움

눈물·아픔·이별은 지우기

안녕

손톱을 뜯으며

등이 가렵다
바닥을 뒹구는 꽃잎
왁자지껄 수선거리다 사라져가는 축제의 시간
깊이 숨을 쉬어도
속이 차지 않아
소리쳐 노랠 불러 보아도
손이 닿지 않는 바람은

하나둘 떠나는 거리에 서서
멀리 걸어온 나를 본다

낄낄거리며
바꾸며 등 밀어주던 옛 목욕탕처럼
서로
가려운 데 긁어주는
그런 날이 있음 좋겠다

마른… 눈물이… 떨어진다
…잘 가…

어느 별의 싱그러운 시어들이 꿈틀꿈틀 기어 나오는 그 세계로

영풍문고

들어서자 확 달려들었으면 했다
가지런히 늘어선 지식들이 각기 멋을 내고

시의 코너에선
잠깐 바람이 불었다

조금씩 속삭이는 소리에
귀를 기울여 봐도
경험할 수 없는 그들의 세계가
어디쯤에서 잠시 멈춰서서
나를 부른다

그 속으로 들어가자
시의 세계로

마른 눈 위로 조그맣게 햇살이 비추고
살며시 눈을 감으면
어느 별의 싱그러운 시어들이
꿈틀꿈틀 기어 나오는 그 세계로

속은 깊었다

부성철   151

이명

숲이었다
풀벌레 소리가 들려왔다
맥박이 뛰고 휘파람 소리가 멀어졌다
습한 냄새들이 스멀스멀 나돌고
그들의 세계에 와 있는 느낌에
여길 떠나야 한다고 생각했다

반딧불 뒤로 생사를 걸고 덤벼들던 날것들

바람소리가 차자
바닥으로 몸을 넌다
세상은 힘을 빼고 죽은 듯이 고요하다

무릎을 감싸 안는다
묵묵히 걸어 온 길들이 대견스러워
자신의 이름을 부르며
바닥에 눕는다

밤이 깊어 갔다
천장에서 눈물이 내려 왔다
잘했어 잘했어 토닥거리자

어느 별의 싱그러운 시어들이 꿈틀꿈틀 기어 나오는 그 세계로

그제사 사내의 눈가로 잠이 쏟아졌다

아프다

편백나무 숲으로 가자

요양원 가는 길

…빨간 건 사과 사과는 맛있다 맛있는 건 바나나 바나나는 길다
긴 건 기차
기차는 저만치 가고 있다
세월을 싣고 어느 조그만 간이역에 내리면
지나온 것들은 잊히고
경허난* 슬픔도 그리움도 허허롭다

빗살 비추는 능선 뒤로 무엇이 있을까
찾아 헤매다
기차는 빠르다
시간은 빠르다

저 안개 속으로 사라져 버릴 것
손으로 아무리 저어도
걷히지 않은 안개

…빠른 건 비행기 비행기는 높다 높은 건 하늘 하늘은 하얗다
하얀 건 꿈.

---
* 경허난 : 제주 사투리. 그렇게 함으로.

어느 별의 싱그러운 시어들이 꿈틀꿈틀 기어 나오는 그 세계로

젖어도 떠는 듯 마는 듯
흔들리는 마른
풀잎을 빈바람이 쓸고간다

이 춘

본명 정영기. 경남 의령 출생. 계간 『문파』, 『창작수필』 신인
상 등단. 한국문협, 문파문학회 이사, 창작수필, 수수문학, 문
학의 집·서울 회원, 제이아그로 문예진흥 담당. 저서 : 시집
『답신』『우리 처음 만나던 날』외 시와 산문 등 공저 다수.

댓잎 소리

홍련

떠는 열쇠

짧은 기별

처마 끝에는

댓잎 소리

떠돌듯 부침하는 안개 속
먼 산의 능선
맑은 날에는 아지랑이 속을 떠돌다
북으로 난 창에 다가와
드리운 댓잎에 흔들린다
아득한 날들
삶은 한 조각 구름에 흐르고
막연한 설움도 소중하여 나를 다독이더니,
오늘은 선명한 댓잎 소리
그대로인 너의 소리 들린다

젖어도 떠는 듯 마는 듯 흔들리는 마른 풀잎을 빈 바람이 쓸고 간다

홍련

연잎에 듣는
빗소리 따라
너의 목소리를 듣노니,
넓은 잎에 고이도록
까닭을 찾아도
나는 끝내
대답을 맞추지 못하였다
물새의 깃을 헤집는 바람이
수면을 쓸고 떠날 때
한 움큼 진주알로 버리듯 쏟아져도
아쉬움을 몰랐다
가만히 돌아 조금은 흔들리는
홍련의 붉은 빛을
다만 보았다

떠는 열쇠

해묵은 모래흙을 부수어
분갈이 새 흙을 만들고
주유소 담장 아래에서 따 온 마른 까마중 씨를
손바닥 땀에 불려 심을 때 문득,
청설모 나뒹구는 토담집
향수가 먼 산정을 넘어온다
구청 앞 찻집에서 얻어온
커피 찌꺼기를 섞어주고
초겨울 베란다의 조용한 햇살 아래
하마나 싹이 틀까 기다리는 창 너머
어제 내린 눈빛에 먼 여행에서나 묻은 것 같은
유럽산 향이 기억처럼 아득히 흐른다
우습지도 않은 아침 치기에
현관 열쇠는 어느새 손 땀에 미끄러지며
더듬는지 열쇠, 눈을 못 찾고 울컥대는지
닫은 철문을 나서면서 노크한다

젖어도 떠는 듯 마는 듯 흔들리는 마른 풀잎을 빈 바람이 쓸고 간다

짧은 기별

반가움에 서로 다독이다
눈치로 변한 길든, 아침입니다
한 무리 비둘기가 사람의 정을 잃은 까닭을 알고
회색 콘크리트 굴뚝 모서리에 모여
서로 비비는 어깨죽지 사이로
옅은 아침놀을 가릅니다
잠자는 나무 위에
맺힌 이슬방울을 깨우며
창날처럼 지나가는 햇살이
먼 시선에 차가움을 전율하며 시작하는
덤덤한 아침이 낯섭니다

처마 끝에는

조금씩 녹는 눈이
발길 끊어진 현관 앞 마른 명아주 대궁이에 방울지며
툭툭 지나온, 날들 그런대로 잘 살았다고
닫힌 문턱을 적시다
백설 흩날리던 아득한 날 떠올라
뚝뚝 눈물, 같이도 떨어지며
설움 엮어 매달아 놓고
그렇게 하는 거리고
돌아서서는 저렇게도 녹는 거라고
삶은 그렇기도 하다고
젖어도 떠는 듯 마는 듯 흔들리는 마른 풀잎을
빈 바람이 쓸고 간다

젖어도 떠는 듯 마는 듯 흔들리는 마른 풀잎을 빈바람이 쓸고 간다

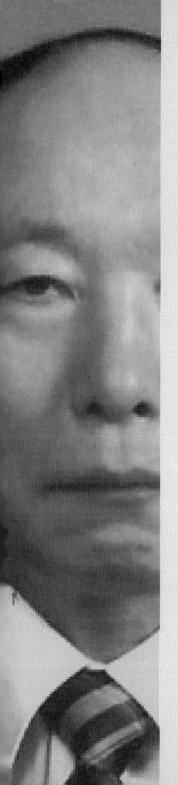

상대를 받아들이는 긍정적 사고로
나와 다름은 틀림이 아니고
축복이라고

김용구

충남 논산 출생. 계간 『문파』시 부문 당선 등단. 계간 『문파』문학회 운영이사. 전)창시문학회 회장. 저서 : 공저 『나는 아무래도 시를 써야겠다』『문파 대표시선』외 다수.

노년의 향기

외로움의 노년
존중 겸손 친절 그리고 마음으로 함께 하는
시간

모든 것 내려놓고 육체적 한계
인정하는

상대를 받아들이는 긍정적 사고로
나와 다름은 틀림이 아니고 축복이라고

다른 사람 말 경청하고
밖으로 향하던 열정 듣는 일이다

노년은
조용히 앉아
내면의 소리를
듣는 고요

자신의 외로움
다스리는

삶 속의 만남

행복이라는 지름길 걷는다
꽃은 벌에서 꿀을
벌은 꽃에서 열매를 맺게 해 준다

별, 밤하늘에
반짝이며 외로움 달래주듯
나와 너
인연 속에 마음 주고받으며
자신의 존재 실현한다

삶은 만남에서 시작된다
상대에게 정성을 다해야
만남의 신비도 아름답다

여름 하루

건강 검진에 안심했던 기쁨

텅 빈 성당 벤치에 앉아
십자가 성모상 바라보며
환희 빛 고통 영광 기도를 드린다
성당 정원 수국꽃에 벌들이 안기어 열심이다
나비도 춤을 추고 있는 자연의 신비

십자가 앞에 무릎 꿇고 기도드리는 중년의 여인
무엇을 간구하는 기도였을까
돌아가는 뒷모습이 숙연해진다

둘이서
절대자에 대한 섭리 묵상 기도하며
서로 의지하는 삶의 여정
무더위 벗하며 여름은 간다

상대를 받아들이는 긍정적 사고로 나와 다름은 틀림이 아니고 축복이라고

화담숲을 찾아서

파란 하늘 시원한 바람
형형색색 단풍 물들고
국화꽃 어우러져 속세에서 떠나 살고 싶은 곳

정답게 이야기 나눈다는 화담숲
마음 따뜻한 벗과 옛이야기하며 걷는다
새빨갛게 물든 산책로 단풍길과
여러 빛깔의 국화꽃 향기 마시는데
바스락거리는 낙엽 소리는 쓸쓸한 가을을 말해준다

옛 추억 떠올리는 정원길
약속한 다리
내장 단풍 군락지
세속 잊고 자연으로 몰입한다

가을은 깊어만 간다

오늘 아침

창밖
하늘엔 먹구름
먹구름 사이 자줏빛 해
살며시 미소 짓고

불곡산 단풍
울긋불긋
추운 겨울 준비하고 있네

산 너머 저쪽
그 누가 살고 있는지
피안의 세계가 있는지

오늘도
서실에
아버지 훈장, 사진과
전위 화가였던 동생의 사진과 그림
그리스 신화 서양 미술 400년 책들
바라보며 명복을 비는 아침 인사
오늘도 시작되네

상대를 받아들이는 긍정적 사고로 나와 다름은 틀림이 아니고 축복이라고

뭉텅 뭉텅 잘린 나무 잎새 겨울바람
추위 이기지 못하고 날아가네

김복순

계간 『문파』 신인상 수상 등단. 계간 문파문학회 회원, 시계
문학회 회원.

내일이면 나아지리라

복주머니 주고 떠난 그녀

전화벨 울려도

통통 탱글탱글

내 앞길 열어주던 그대

내일이면 나아지리라

기대하며 달려온 세월
희끗희끗 물드는 줄도 모르고
젊음은 그대로인 양
가볍게 스쳐 지나간 시간
소중하게 생각될 때 아쉬움이 남는다
오동통하던 얼굴 목주름 눈에 보이고
맘 앞서면 숨 가쁘고
몸은 더디기만 하다
하늘 한 번 쳐다볼 사이 없이
땅에 것에 메어 사는 삶
허무함이 내 안에 자리 잡을 때야
한숨 켜고 저 푸른 하늘에
소망을 품어 보면서
다시 일어설 수 있었다

뭉텅 뭉텅 잘린 나무 잎새 겨울바람 추위 이기지 못하고 날아가네

복주머니 주고 떠난 그녀

멀리서라도 톡톡 뿌려주던 깨알
고소함이 더해 가던 날 만났었지
그 후로 자주 보게 될 줄 알았는데
폭풍의 언덕에서 불어오는 바람
또다시 만남을 가로막아 볼 수 없고
전화선도 끊겼네

난 그녀에게 받은 사랑
전해 줄 기회마저 없는 걸까
때가 되면 좋은 날 올 텐데

기다리며 믿고 가다 보면
희망의 결실이 맺혀지는데
조금만 참아 주었더라면
내 사랑도 받을 수 있었을 텐데

티 없이 맑은 하늘
촉촉이 젖은 눈 홀로 이야기꽃 그리며
사방을 둘러보며 생각에 잠기네

뭉텅 뭉텅 잘린 나무 잎새 겨울바람
추위 이기지 못하고 날아가네

전화벨 울려도

엽서를 띄워도 무응답 어쩐 일일까
알 길 없어 답답하다
아침 까치 싸리 대문 밖 오동나무 가지에
앉아 노래 부른다
좋은 소식 전해지려나 기다려진다
저녁에 소쩍새 울면 허전함을 채워주던
그대의 다정다감 언제 또 느낄 수 있을까
살포시 양어깨 위 감싸 안아 추위 녹여 주던 손길
지금은 어느 하늘 아래 있을까
내 마음도 담아 가야지
내가 전해주는 것 한사코 마다하고
주기만 하고 갔을까
무소식이 희소식일까

뭉텅 뭉텅 잘린 나무 잎새 겨울바람 추위 이기지 못하고 날아가네

통통 탱글탱글

이마에 너울이 일고
거친 손길 얼굴 한번 훑고 땅거미 내려앉는다
지도를 그리며 굴곡진 산
오르락내리락 땡볕을 쏜다
울고 웃다 흘러간 헤아릴 수 없는 날들
흙먼지 뒤집어쓰며
논밭으로 달리고 달려도 끝없는 농사일
마침표 찍고 도시바람 타고 날아와
거센 풍파 지난 후
일손 이어 가는데 잠시 쉬어가도 후폭풍이 분다
하늘 창에 편지 쓰며
감사드리면 맘 가벼워질 텐데

내 앞길 열어주던 그대

날 오라 하네

세찬 바람 등에 지고
기뻐 뛰며
꿀맛 같은 사랑 받기 위해
나는 가네

날 기다리는 그대 모습
가물가물 뿌연 먼지
시야를 가리어
또렷이 보이지 않네

한 발 한 발 내딛는 걸음
콩당콩당 뛰는 맘
숨 고르며 다가가 그대 모습 보일 때
손목 발목 짧은 양복에 알록달록 넥타이 매고
까만 얼굴 거칠어진 모습
반겨주는 그대
양 날개로 추위에 언 몸 녹여주네

허무에 잠든 오늘이
눈을 감은 별을 타고 산을 넘는다

이주현

본명 이태욱. 계간 『문파』 시 부문 신인상 당선 등단(2016). 한국문인협회 회원. 한국 문협 인성교육위원회 부위원장, 문파문학회 이사, 종로문학 이사, 불교문학 이사, 창작문학 부회장. 수상 : 표암문학 문학상, 불교문학 문학상. 저서 : 시집 『가고 오네』 『기쁨도 슬픔도 내 것인 것을』, 공저 『나는 아무래도 시를 써야겠다』.

그냥 가고 있다

가 본 적 없는 낯선 길을
엄벙덤벙 가고 있다

누가
가라고 오라고 간섭도 없는데
낮과 밤도 모르고
그냥 가고 있다

그곳은 어디일까

너도 모르고
나도 모르지만
누군가 가슴 태우며
기다리고 있지 않을까

허무에 잠든 오늘이 눈을 감은 별을 타고 산을 넘는다

두견새

주야장천 긴 세월
눈물 없이 우는 너를
누가 그 슬픔 대신하리

삶이 실타래처럼 엉킬 때
나도 그리 우는 것을

목마른 저녁은
숲속으로 잦아들고

허무에 잠든 오늘이
눈을 감은 별을 타고
산을 넘는다

빛바랜 그림자

희미한 달빛 속 보일 듯 보일 듯
계수나무 사이로 얼 비친다

깨끼발을 올리고 또 올려도
빛바랜 그림자 희미하다

침묵의 눈동자 젖은 듯 보이고
영혼의 산맥을 건너온 듯
피곤이 흐르는 것 같고

오매불망 그리던 어머니 모습인 듯
구름이 막아서고 막아선다

귓가엔 다듬이 소리 들려 오고
울 엄니 사랑인가
속 눈썹 젖어 든다

외로울 때 詩를 쓴다

흐르는 달빛 깨물고 씹어 가며
외로움 통째로 머리 속에 집어넣고
청솔나무 말을 받아 詩를 쓴다

서러워하는 옹이 사연도 쓰고
뼛속에 흐르는 하얀 눈물
내 눈물로 씻어 주며 詩를 쓴다

독자들 손에 들려준 시집
둘도 없는 친구가 될 때까지
그 향기에 취하여 꿈속으로 갈 때까지

손가락에 쥐가 나도
물집이 생겨도
갈 길은 아직 멀기만 하다

인생살이

천둥 번개에 놀라면서
허둥지둥 걸었지

누가 가벼이 말하는가
나름대로 한세월 버거웠어요

마음자리 비워 들고 울기도 했고
가족 위해 목숨 걸고 모험도 했지

이것이 삶이란 걸 미처 모르고
세월은 모른 채 그냥 가더라

청춘을 뺏어 들고 그냥 가더라

흑백 세월 꺼내 품에 안으니
하나뿐인 둥근달이 따뜻하구나

원경상

경기도 과천 출생. 계간 『문파』 시 부문 신인상 등단. 동남문학회 회장 역임. 동남문학회 회원, 문파문학회 회원, 수원문인협회 회원. 저서 : 시집 『달빛 체온』 『언어의 그림』, 공저 『풍경 같은 사람』 『1초의 미학』 『문파대표시선』 외 다수.

바람 빠진 휠체어

억겁의 인연으로 만나 눈비가 쏟아지고
태풍이 불어와도 서로 손발이 되어
가시밭길 헤치며 왔다

물에다 물 더해 검은 머리 서리꽃 필 때까지
같이 가자 해놓고 어이해 가는 길이
그리 바빴나

날개 달고 날아간 하얀 그림자
임은 나의 것 나는 임의 것 바람 빠진
휠체어만 홀로 우는가

흑백 세월 꺼내 품에 안으니 하나뿐인 둥근달이 따뜻하구나

그때는 왜 몰랐을까

파란 하늘 구름 꽃피고
소슬바람 불어주는 사랑 노래
귓가에 들려온다

앞마당 쏟아지는 금빛 물결
내 가슴 두드리는데 사무친 그리움
견딜 수 없어

팔 벌려 한 아름 끌어안으니
뜨거웠던 그 체온 여전하다
사랑만 하기에도 부족한 날들

그때는 왜 몰랐을까

달빛 체온

산정 호수 풍덩 빠진 저 달은
온몸으로 성난 태풍 막아주던
내 반쪽인가

함박웃음 웃어주던 달
빨갛게 익어 떨어진 가을은
풀숲에 숨었는데

북풍한설 막아 주던 울타리가
무너졌구나 초록을 남겨둔 채로
멀리 떠나 버린 달

시들지 않은 새파란 추억
흑백 세월 꺼내 품에 안으니 하나뿐인
둥근달이 따뜻하구나

일출

누가 이 큰 그릇에 물을 가득 채우고 섬을 띄웠을까 물을
딛고 일어나 파란 하늘 꿈을 향해 내딛는 첫 발걸음, 태양을
바라보라고 바다가 출렁출렁 섬 흔들어 잠 깨운다 어서 일어
나 손잡고 가라고 행복이 넘치는 희망의 나라로

자루

한겨울 어두운 광 속에서 누워 잠자던
자루가 봄부터 흘린 농부의 땀방울 먹고
이불을 갰다

가을을 가득 담은 자루가 트럭 타고
새벽 공기 가르며
찾아간 읍내 장마당

좌판 위에 누우니 잘생긴 놈부터
몸값 받고 팔려나가고
자루는 다시 껍질만 남았다

나무가 동그라미 하나 더 그릴 때까지
깊은 잠에 들 것이다.

흑백 세월 꺼내 품에 안으니 하나뿐인 둥근달이 따뜻하구나

사람들은 정상에 닿기를 원하지만
진정한 기쁨은 오르는 길이라네

심웅석

계간 『문파』 시 부문 신인상 등단(2016). 계간 『수필』 신인상
등단(22 봄호). 한국문인협 회원. 문협용인지부 회원. 시계문
학회 회원. 서울대 의대 졸업, 정형외과전문의, 인제대의대
외래교수 역임. 수상 : 제13회 문파문학상. 저서 : 시집 『시집
을 내다』(2017 용인시창작지원금) 『달과 눈동자』 『꽃피는 날
에』(디카시집), 수필집 『길 위에 길』 『친구를 찾아서』, 기타
공저.

生의 기쁨

공원 한 편에 새로 들어선 성복 도서관
토요일 오후 마감시간에 서둘러 책을 반납하고
시집 두 권을 다시 빌려 나왔다

오월의 찬란한 태양은 연둣빛 잎새 위에 반짝이고
바람은 산들산들 이팝나무 하얀 꽃무리를 흔든다
단지들 담장에는 빨간 덩굴장미가 방긋 웃고
고개를 들면 하늘은 티 한 점 없는 코발트블루
잔디마당 저쪽에는 공놀이하는 어린 맑은 목소리
잡다한 세상에서 멀리 격리되는 느낌이다

고즈넉한 벤치에 앉아 시집을 열어 보는데
시보다 더 아름다운 자연 속에 산다는 기쁨에
나는 이 순간 한 마리 종달새가 된다

길 2

걷는 놈 위에 뛰는 놈

뛰는 놈 위에 나는 놈

나는 놈 위에 죽는 놈

그냥 걷자
꽃구경도 하면서
나무에 물도 주면서

사람들은 정상에 닿기를 원하지만
진정한 기쁨은 오르는 길이라네

틀

　밤하늘의 별처럼 수많은 사람이 사는 세상에서 이기지 않으면서 지지도 않고 살아가는 법은 없을까? 마음속에 옹이가 맺힐 때면 떨어져 쌓인 낙엽을 밟고 고즈넉한 가을을 걷는다. 저마다의 틀을 안고 힘겹게 살아가는 군상들이 보인다

　언덕 위의 대나무는 태풍이 불어도 꺾이지 않고 눈 속에 피는 매화는 혹한 속에도 향기를 품는다지? 이처럼 나무들이 자기 틀을 지니며 살듯이 사람들도 각자 자기만의 진실을 안고 살아간다

　사람들은 각기 다른 틀로 살아간다는
　나와 다른 틀이 있다는 생각이
　얼마나 아쉬운지

　이를 바다처럼 폭넓게 존중하는 날
　마른 가지에 파-란 싹이 트고
　숲속의 산새들도 사랑 노래 부를 텐데

컴퓨터 앞에서

부르면 환한 얼굴로 나타나고
일 다 하면 바람처럼 들어가는

내 생각 모두 가슴에 담아주고
필요할 땐 선뜻 꺼내 주는

궁금하면 무엇이든 알려주고
우울할 땐 노래도 불러 주는

빈손으로 말없이 헌신하는 그대,

수많은 날 조용히 주기만 하시던
가슴 저미는 모정母情의 세월

간이역에 비 맞고 서 있는 내게
'들어가라' 눈 젖어 손짓하신다

눈 오는 날 - 하얀 추억

이제 그만 생각하라고
모두 잊어버리라고

그대는 밤새도록 흰 눈이 되어
그리움의 산야山野에 하얗게 내렸네

행여 곤한 잠 깰가 봐
밤새 소리 없이 내려서 쌓여
온 세상을 무념無念으로 덮어버렸네

잠 깨어 옛 생각에 도로 들까 봐
가만히 바라보다 또다시 내려
지나온 발자국들 지우고 있네

응답 없는 우리의 기도였다고
가슴에 서린 상처 다독여 주네

사람들은 정상에 닿기를 원하지만 진정한 기쁨은 오르는 길이라네

음악이 멈추고 심장이 잠을 자고
링크는 흐르는 강물이 된다

윤복선

계간 『문파』 시 부문 신인상 등단. 한국문인협회 홍보위원.
문파문학회 회장, 창시문학회 회장, 한국여성문학인회 차장,
문학의 집·서울 회원. 저서 : 시집 『팝콘이 터질 때』 『숲은 아
직도 비다』, 공저 『문파대표시선』 외 다수.

꿈

산다는 것은

살다가 죽다가

세라비

코끼리 일생처럼

꿈

고소한 마카로니 뻥튀기 한 봉지
커피 한 잔의 아침이 지나가는 시간
마카로니 하나하나가 터널처럼 연결되더니
들키고 싶지 않은 마음 하나가 후르륵 들어갑니다
큰 몸짓을 비상시키고
더 많은 날갯짓을 하기 위해 누군가와 편대비행
특유의 브이자 모양을 합니다
지치지 않도록 선두를 번갈아 가며 목적지로 비행 중입니다
터널을 빠져나올 때쯤 반원으로 보이는 햇살은
비밀을 벗기고자 버팁니다
매 한 마리도 밖에서 운명의 기회를 기다립니다
터널 속으로 다시 유턴해야겠습니다
밤이 되면 매는 시각을 잃을 테고
그 사이 터널을 빠져나와
텍사스의 새벽을 가르고 말 것입니다

파랑새처럼

음악이 멈추고 심장이 잠을 자고 링크는 흐르는 강물이 된다

산다는 것은

한여름 메마른 나뭇가지에 떨어질 듯 늘어진 잎새처럼
세월을 안고 걸어가는 어떤 여자가 있다
짧은 그림자는 꺾이고 따가운 모레 발톱 사이로
이름을 잊어가는 여자는
세월 속으로 천천히 몸을 숨겼다
탱자나무에서 밤새 가시를 뽑아내어 만든
갓 구워낸 빵 한 접시와
갈라진 입술 사이로 내뱉는 거친 숨소리는
아침마다 커피 한 잔을 만들어 낸다
푸른 새벽이 올 때까지 땀으로 얼룩진 온몸을
발리의 티르타에서 씻고 있어
여자의 삶이 깊어 간다면
벼랑 끝에 전진기지로 깔아놓은 사막도
푸른 바다가 되는가
수평선에 심장 한 쪽을 떼어내서
날마다 심어놓은 붉은 꽃은
새벽을 지나 다시 태양으로 뜨고
여자는 오늘도 수도자처럼 그 길을 걸어간다

살다가 죽다가

바람은 냉정할 수밖에 없는 운명을 타고났어
간밤에도 요란하게 쏟아 냈던 통곡
아침 햇살이 광주리에 주섬주섬 담아서
마루에 놓고 가버렸어
생채기에서 나는 생즙 냄새가 아직도 푸르러
아픈 노래는 아픈 사랑은
사랑이 아니란다고
하루 종일 되뇌었던 오늘도 갈팡질팡
내일은 무슨 바람 불어올까
길게 누워 무심히 바라보던 천장이
이마 위에 딱 하고 박히더니
살짝 그 바람 잠이 들었겠다
아침이 와도 깨지 않을 바람
솜털까지도 잠재울 바람
그것은 마침표처럼 고요하다
아침 오면 다시 일어나는 바람 있어
오늘도 맞서 살아 내는 하루가 있다

세라비

숲에는 풋비가 내리고 있다
소리 없이 꽃잎이 지듯이 분사되는 미스트 스킨처럼
가만가만 적신다 카페에는
베토벤의 바이올린 소나타가
저 숲으로 가는 벽을 허물어뜨리고
따뜻한 연잎 차 한 잔이 마알간 그녀의 얼굴처럼
우려지는 여백의 시간을 기다리고 있다
철 지난 검은 고깔모자를 쓴 멀대 같은 남자가
베이스 톤의 목소리로 더 필요한 게 있느냐며
겨우 부여잡은 멍 때림을 공기톨처럼 흩트려 놓았다
사람이 만들어 놓은 공간의 음악과
비움과 채움을 무한히 허용하는 자연 속 풋비가
우드 플로어에서 미끄러지듯이 춤을 춘다
벽에는 이봉임의 직물성 판화기법 액자와
그것을 살까 말까 고민하는 여자가
숫자의 갈등을 켜고 싸우고 있다
언제나 자연 속으로 넘어서지 못하는 마음을 붙잡고
이방인이 되어 카페 블루톤 의자에 다리를 꼬고 앉아 있다
세라비 하며 음악이 바뀐다

코끼리 일생처럼

불이 꺼지고
고요와 적막이 내 숨소리를 조인다
어둠 속에서 수만의 눈이
카메라 플래시가 된다
심장이 터질 듯이 펌핑하는 순간
아이스링크에 나 혼자 서 있다
포인트 등이 달처럼 뜨고 음악이 몸속으로 파고든다
가슴을 내밀어 첫 발을 밀어내는 순간
인생의 왈츠가 시작된다
지금 안데스 계곡의 라마처럼
가파른 비탈길, 짐을 지고 나르고
잼과 치즈를 만들어 내기도 하고
때로는 털을 벗겨 섬유를 짜기도 한다
춤사위 사이사이에
거미처럼 밤새 그물을 짜내기도 하고
목화에서 실을 뽑아 형형색색의 옷을 만들기도 한다
그러다가
코끼리처럼 삶이 비대해지고 버거워
밀림 속으로 들어가면
저기 탐 쌍* 동굴이 있다
링크의 핀등이 꺼지고

음악이 멈추고 심장이 잠을 자고 링크는 흐르는 강물이 된다

음악이 멈추고

심장이 잠을 자고

링크는 흐르는 강물이 된다

---

* 탐 쌍 : Tham Xang, 코끼리가 죽을 때가 되면 찾아온다는 라오스의 천연 동굴.

밤은 하얗고 그대는 선명하여
그리움의 메아리 오늘도 기다린다

이중환

경북 포항 출생. 방송통신대 국문과 졸업. 계간 『문파』 신인상 당선(2017). 한국문인협회, 문파문학회 이사, 시계문학 회원. 저서 : 시집 『기다리는』, 공저 『그래 너는 오늘도 예쁘다』 『문파대표시선45』 등.

고맙소

먼 길 걸었다
외진 길 홀로 걷다가 오싹 소름 돋을 때
나 하나는 너무 외로웠다

서서히 스며든 바람[願]은 버릴 것이 아니었다
아교같이 접착력이 좋다는 밀퍼드 사운드의
푸른 홍합을 욕심낼 때처럼
결코 헛된 욕심은 아닌 것 같다

해는 어떤 무기를 써도 정복되지 않는 것 같이
되는 것은 되고 안 되는 것은 안 되는 것이지만
캄캄한 길 위에 등불을 밝히듯
여명처럼 밝아오는 새벽빛

소중한 그대
여유로운 저녁 만찬을 소리 없이 함께해도 좋은
그런 날들을 같이 한다는 것
대보름달처럼 크고 환하게 다가온 당신
고맙소

그리움의 메아리

못 보니까 그립다
SNS로 소통하는 요즘 시대
윤기 나는 문명의 꼭지에서
만남을 이루는 요즘 세대들이다
이 같은 시대에도 가까이하지 못하는 안타까움을
애타 하면서도 어쩔 수 없이 꽃불 마음 삭이며 산다

낮에는 훤한 먼 하늘을 바라보고
밤에는 반짝이는 별들 속에서 찾는다
절벽 같은 장벽이 막아서서
자기장磁氣場 같은 느낌마저 옅어지고
숨결까지 가늘어진 이 세상 한 구석
그 너머엔 그리운 이가 있어
끈질긴 인연 붙잡으려 애쓰며
이 앙다물고 지켜온 시간들이다

따뜻하게 손잡게 될 희망 속에
하루가 지나면 하루가 더 가까워진다 생각하고
저편 끝 아물거리는 아지랑이 같은 그리움
밤은 하얗고 그대는 선명하여
그리움의 메아리 오늘도 기다린다

매일을 천국처럼

빌딩 숲속에 가려진 사람들은 아는지 모르지만
진달래 벚꽃이 흐드러지게 피어 탄성을 질렀더니
며칠을 못 가고 꽃비로 쏟아내려 씁쓸했는데
어제의 나목이 연둣빛 숲이 되었다

계절의 변화를 느끼는 데는 바람에 날리는
꽃잎 한 장이면 충분하다지만
한없는 세월에 인생은 꽃과 같이 잠깐이랄 수
어찌 붙잡고 있는 시간이 소중하지 않으랴
여정은 음지를 향해 달려가고 있지만
다가오는 낭떠러지를 의식할 새도 없이
때때로 바뀌는 전경이 경탄스럽게 한다

일상은 언제나 즐겁게 살수록 좋은 것
미움은 녹이고 사랑은 샘솟게
경이로운 이 세상 느린 걸음으로 걸으면서
두루두루 느낄 수 있는 여유라면
오뉴월 녹음 번지듯 해서 좋은 것 아닐까?
순간을 사랑하며 매일을 천국처럼 생각하는.

여행은 낭만

아침 여행용 캐리어를 끌고 길을 나선다
인생은 여행이다
가깝거나 먼 여행도 늘 설렌다
짐은 가벼울수록 좋아서
여행을 즐기는 사람의 캐리어는 가볍다

지중해 연안 도시를 생각한다
하현달처럼 굽은 해안
조개껍데기처럼 반짝이는 소렌토 시가지를
조망할 때같이, 여행은 유명하여
눈길이 끌릴수록 더 감칠맛이 난다

외국이 아니어도 좋다
봄이 일찍 찾아오는 우리나라 남해안
삼월을 앞두고 있어도 볼에 스치는 바람은
한결 부드럽다

잘 포장된 리아스식 해안 길을 따라
차창 밖 해송 솔잎 사이로 펼쳐지는 바다와,
구석구석 앉아 있는 어촌의 고운 자연색이
자유로워 보이고 낭만스럽다

여행은 분노로 일그러졌던 어느 날 기억도,
환하게 펴지게 하는 감사의 기도 같은 순간들이
내 앞에 펼쳐지는 것 행복을 마저 채워주는
새로운 의욕을 솟게 하는 청량제다

덤으로 얻는 낭만을 찾으러
나는 기회 있을 때마다 가방을 꾸린다

쌍무지개

추적거리던 날씨 빼꼼히 뜬 햇빛 저쪽,
쌍무지개 떴다

나란히 속삭임은 다정도 한 것
하나보다 둘이어야 하는 숙명처럼
같이 있자고 손 내민다

서로 바라보기만 해도 가슴 따뜻한
그래, 둘이 하나인 것처럼
너와 나 미움도 없이
곱고 이쁘게 함께 있다 사라지는

저 쌍무지개같이
오늘도 내일도 그렇게
같은 잠자리, 두 손 따스히 잡고 있다가
창가 햇살 비쳐오면
얼굴 마주 보며 밝게 웃자

점들은 하나의 또 다른 선이 되고 균형점을 따라 입체의 길들이 나타난다

안일균

경기 화성 출생. 계간 『문파』 시 부문 등단. 한국문인협회 회원, 문파문학회 부회장, 현 동남문학회 회장.

선

맨발을 들여놓는 순간
그 안에 꼼짝없이 갇혀 버리고 말았다

점들이 끌고 가는 길 위에
하나씩 채워지는 꼬리들의 집합
불빛은 세상을 혼미해지게 하는 유령들이다

경계를 넘나드는 선에는
어떤 벽도 존재하지 않는다
허물어야 할 벽은 내 안에만 있는 것이다

무게의 중심이 한쪽으로 기울면
금방이라도 사라져 버릴 것 같은 뜨거운 심장
선 위에 붉은 점들을 꾹꾹 찍어 놓으면
흔적은 흔적대로 거기 그렇게 선명히 남는 것이다

점들은 하나의 또 다른 선이 되고
균형점을 따라 입체의 길들이 나타난다

선의 좌표가 필요 없는 공간 속으로
입방체의 늙은 형상들이 꼬리를 물고
지구 밖 궤도를 이탈하여 흩어져 나간다

점들은 하나의 또 다른 선이 되고 균형점을 따라 입체의 길들이 나타난다

눈길

보고 싶은 사람만 바라보고 살 수 없을까
눈길만 저만치 거리를 내어주는 사람이 있다
서운한 생각이 들 때마다
슬쩍 눈 끝을 살펴보지만 그건 착각이다

눈으로 보는 길과 마음이 다가서는 길
사이와 사이에는 그만큼의 하얀 여백이 있다
다가서고 싶은 만큼의 거리를 유지하는 일
그건 그에게 주어진 미어캣 같은 삶이다

눈길은 언제나 외길에서 만나고
옷깃 같은 바람으로
첫 눈길 같은 설렘으로
길에서 길로 이어지는 인연이다

눈길은
때로는 화살처럼 훅하고 날아드는 것이다
저 뜨거운 눈빛처럼

수목원 가는 길

바다를 끌어안고 굽이쳐 도는 푸른 숲속
물오른 가지에 산비둘기가 구구국구 봄의 적막을 깬다

전쟁터에 죽어가는 자의 울음소리 같기도 하고
지하도 돌계단에 주저앉아 구걸하는 노숙자의 애원 같기도 하다
저 멧비둘기의 속마음을 난 알 수가 있다

덜꿩나무, 애기동백, 공작단풍, 산철쭉, 백송
숲은 저마다 각자의 이름표를 하나씩 달고 살지만
우크라이나 마리우폴 어느 산부인과 병원은
폭격으로 제 이름도 갖지 못하고 죽어가는 생명들이 있다

수목원에 생장하는 야생화와 옹골찬 소나무들
길섶에 어우러진 억새풀마저도 서로 차별하지 않는다
이기와 진영의 논리라는 단어조차 알지를 못한다

살아서 천년 죽어서 천년을 산다는 주목이
동유럽에서 불어오는 비릿한 바닷바람을 꿀꺽 삼키고 있다

백 년도 살지 못하며 참혹한 이기를 부리는 저 결단은
누구를 위한 침략인가

점들은 하나의 또다른 선이 되고 균형점을 따라 입체의 길들이 나타난다

노루귀가 쫑긋,

봄은 여전히 남녘에서 오고 있다

삿갓 대피소

바람에 실려 온 눈길 위를
남김없이 걷다가
지친 몸을 달래며 눈을 감는다

배낭보다 더 큰 꿈을 끌어안고
고단한 몸 이리저리 뒤척이다가
슬그머니 가자미 눈을 떠 본다

아직 맞이할 새벽은
저만치에 있고
아린 바람이 창문을 두드린다

고운 꿈들이 내게로 온다
밤하늘 커다란 달무리에 안겨서
온몸으로 산처럼 달려온다

점들은 하나의 또 다른 선이 되고 균형점을 따라 입체의 길들이 나타난다

기억의 들

발등에 젖은 풀잎들을 스치며
검정 고무신 끌고 간 언덕
고갯길 마루에도 하루아침이 열린다
풀피리 잎들도 가만히 일어선다

산자락 힘겹게 일궈 앉힌 논둑길
다랑논에도 봄물들이 스며들고
겨우내 절벽처럼 무너져 내린 논두렁에
곧 자란 굴참나무 말뚝을 힘겹게 때려 박는다

소금꽃 등짝에도 하루 햇살이 물들고
멍에를 메고 가는 짐승의 숨소리 힘겹다
목줄에 매달린 워낭소리 절간에 들어앉고
늙은 황소와 쟁기꾼이 긴 하루를 끌고 간다

운명 같은 굴레가 살 속 깊이 파고들어
어깨에 주먹만 한 혹을 달고 살았던 분
얼마를 넘고 또 넘어가야만 했을 길
지난한 하루의 기억들이 들녘에 젖는다

삶은 언제나 꿈꾸는 하루인 것을
하루라는 시간 속에 나를 던진다

김지안

본명 김근숙. 부산 출생. 계간 『문파』 시 부문 등단(2020), 계간 『미래시학』 수필 부문 등단(2020). 문파문학회, 미래시학, 한국문인회 용인지부 회원, 한국문인협회 회원. 한국여성문학인회 회원. 수상 : 시, 수필 신인문학상(2020), 시계 문학상 (2021). 저서 : 공저 『물들다』, 『가온누리』 동인지, 『문파시인선집』, 『용인문단 24호』 외 다수, 시집 『초록의 눈』 용인문화재단 문예진흥기금 수혜. 2022년 동래여고 《동창회보》 권두시 「물」, 《수필의 끈을 풀다》 「물들어짐을 경계한다」 외 1편, 계간 『문파』 63호, 『미래시학』 봄호.

그 집 앞

생각만 해도 눈물이 솟는다

삭풍에 삭은 나무처럼 흐름 잊은 세월이
홀로 동그마니 물먹은 시간 속을 흐르고
굳게 닫힌 회색 대문 앞에서
얼쩡거리다 빨려 들어가
어머니, 아버지 크고 작은 형제들이
웃고 떠드는 소리 속삭임으로 불을 밝힌다
파노라마 되는 어릴 적 그곳엔
늦은 밤 캄캄한 골목길을 잰걸음으로
달려오는 발자국들의 귀가로
외등 아래 서 계시던 어머니
등을 감싸주던 따뜻한 손길 여전하다

지금은 낯선 고장, 밤길같이 와서
구멍 뚫린 마음 한구석 서러움 가득 시간을 껴안고
골목길 파헤쳐진 웅덩이 지나 시퍼레진 발가락 사이로 새어

흩어져간 형제들 목소리 없다

물

새 신을 들고
흐르는 물에 발을 담근다
물은 맴을 돌다가
풀잎을 나눠 먹기도 하면서
이리저리 돌부리 사이로 헤맨다
걸림돌 없다더니
여기저기 뾰쪽이 솟아있다

흐르는 물을 내려다본다
부풀어진 흰 발이 꼼지락대며
반쯤 차오른 계곡의 수면에는
한가로이 햇살이 춤을 춘다

그늘진 곳으로 몸이 따라서 간다
발이 보이지 않고
목이 잠기어 와서
새 신 든 손이 물 아래서 허우적거린다

낮은 곳으로, 물살이 가벼이 일렁이는
반대편 쪽으로 힘껏 발을 찬다

삶은 언제나 꿈꾸는 하루인 것을 하루라는 시간 속에 나를 던진다

깊이를 알 수 없는 두려움
소름 가득 두 팔에 돋아나는 것
초록 가득한 물, 미지근하다
심호흡하며 바라본 하늘, 높이를 모르게 푸르다

시간 속에서

그윽한 밤 깊은 골짜기에
스며들고 젖어 든 적막

검은빛 별들 사이로
늘그막 해서 지친 몸이
쉬엄쉬엄 한숨짓는다

젊음도 오늘, 내일 점점 그늘져 간다

가까이 더 가까이
스멀거리는 안개처럼
다가오는 그림자
벼랑 끝에 드리워 초조하다

하늘을 본다
시간의 회전판 위에서
감미롭고 때론 거칠기도 한 바람에
몸을 맡기며 신을 향해 기도한다

죽음 앞에서
무엇을 느끼고 생각하던

과거는 어제 뒤에 숨고
오늘은 내일로 간다

삶은 언제나 꿈꾸는 하루인 것을
하루라는 시간 속에 나를 던진다.

희망

한 사람이 풀밭에 몸을 누인다
또 한 사람, 사람들이 따라서,
볏짚 나란히 펼쳐진 모습
고개를 쳐든다
한 사람이 슬며시 하늘을 향해
빙긋이 웃는다
그 옆에, 옆에도 따라서,
파도를 타는 모습
땅이 요동치고
햇살 가득한 하늘에 주름이 잡힌다
미어진 틈새로 햇살이 오락가락
덮은 하늘엔 붉은 먹구름
바람에 채여 몸부림치며 앙탈하는
볏짚 하나 따라
비스듬히 흩어진 자세로
일렬의 행군이 자리를 벗어난다
한 사람은 동쪽으로
또 한 사람 서쪽으로
회오리 중간에서 줄다리기하니
지쳐버린다
거센 파도가 일렁이는 밭

볏짚 반이 날아가고
흩어진 조각들이 바람 따라
이 손 저 손을 잡는다
바람 잦아든 곳에
선명하게 드러나는 푸른 하늘
일렬은 횡대, 종대도 아닌
선 듯 만 듯 흩어져 있어
하나, 둘씩 털고 일어나 웃는다
손에 손잡고 몸에 몸을 겹친 모습
걸친 것 하나 없는 실오라기
하늘엔 바람이 걷어 온 낯선 옷 하나
점점이 사라지고
사방 가득 넘치는 것, 희망

봄의 기도

숨을 뱉으면 아지랑이 아른거리고
숨을 삼키면 새싹이 자란다
흰빛 연둣빛 분홍빛
화안하게 어우러져 비벼 살랑대면
봄볕에 그을린 손
쓰다듬는 잎사귀에 묻은 흙
내 뱉는 곳에 시간이 자란다
돌이키고 삼키는 숨 속에
씻어 정갈해진 마음 모아
빛의 길 따라 그대에게 가는 나
오는 세월 두렵지 않다

삶은 언제나 꿈꾸는 하루인 것을 하루라는 시간 속에 나를 던진다

새 반지를 끼어 본다
삶이라 읽는 주름 위에 빛나는
시간을 위해

윤문순

대전 광역시 출생. 계간 『문파』 시 부문 신인상 당선 등단. 시
계문학회 회원, 문파문학회 회원, 감사.

나뭇잎 하나

먼지 쌓인 책장에 빛바랜 일기장 속
지나온 세월만큼 말라버린 나뭇잎 하나
툭
떨어진다

팽팽히 당겨진 활시위처럼
치열하게 살아왔던 삶 속에 잊혀간
기억의 어딘가에 머물던 희미해진 조각들
먼지처럼 흩어지며 떠오른다

노을 흩어진 까만 하늘에 별이 빛나면
시몬의 노래 위로 내려앉은
나비 한 마리 책갈피에 고이 담아
초승달 살며시 눈 맞추며 돌아오던
사랑의 약속 빛나던 시간들

어느새, 뿌옇게 차오르는 이슬 붉어진 마음에
낡은 사진첩을 꺼내 본다
들꽃 향기 가득한 푸르던 그날

바람이 차다

새반지를 꺼어 본다 삶이라 읽는 주름 위에 빛나는 시간을 위해

살랑거리던 나뭇잎 발밑에 다가오면
떠나는 가을이 아쉬워 책갈피에
붙잡아 본다

또 한 해가 간다

손등

거울에 비친 손
무심히 바라보다 나란히 놓아 본다

검은 버섯 점점이 피어난 손등
겨울나무 가지 같은 뼈마디에
푸른 산맥 울퉁불퉁한 길처럼 솟아 있다

주름 가득 묻힌 삶이 거무스름하다

소 꼴 하다 낫에 찍히고 연필 깎다 칼에 베인 손마디
불장난에 놀라 화들짝 뿌리치다 비닐이 살에 붙어 입은 화상
거칠어진 피부는 고단했던 세월의 흔적들로 가득하다

나만 알고 있는 내 삶이 희로애락이
주름 사이사이에 담기고
지나온 시간만큼 두꺼워진 손마디에
젊음의 반지가 들어가지 않는다

새 반지를 끼어 본다
삶이라 읽는 주름 위에 빛나는 시간을 위해

소나기

우렛소리 가까워지고 순식간에 물든 어둠
거침없이 달려오는 다급한 발자국 쏜살같이 지나가면
빨랫줄에 젖은 옷이 내 어깨에 걸리고
얼룩말 같은 하얀 신발이 무겁다

처마 밑 웅크린 발등 사이 작은 시간이 흐르고
파란 바다에서 하얀빛 쏟아지면
뿌연 산은 성큼 다가오고
고개 숙인 풀들이 파랗게 웃는다

삶이, 때로는
산기슭에 그림자 스며들듯 어둠이 찾아와 아프게 하고
끝이 보이지 않은 안개 속
가파른 길 끝에서 헤매기도 했지만
오르고 또, 오르다 보니 굵어진 세월의 흔적
흐르는 땀방울에 불어온 한 줄기 바람

한여름 소나기 지나가고
지금 여기에 서 있다

쉰아홉

언 손 호호 불며 눈사람 만들고
코끝이 빨갛게 온종일 뛰어놀던
더디게만 흐르던 시절 어른이 되고 싶었다

책상을 베게 삼아 책과 씨름하며 지냈던
꿈꾸었지만 빛나지만은 않았던 십대를 지나
물결에 부서지는 햇살처럼 빛나는 이십 대
서른이 되기 싫은 난 스물아홉에 2년을 버텼다. 그리고 서른하나

어린나무가 해와 달을 먹고 무성하게 자라는 사이
마른풀 무성해진 고향 집 생각에
마른 입술에서 터져 나오는 슬픔도 뒤로한 채
앞만 보며 돌다 발끝에 챈 사십 대

미칠 듯 소용돌이치며 흐르는 계곡물처럼
빠르게 지나버린 세월, 내가 없었던 나의 삶
삭정이같이 굵은 손마디 주름 가득한 거울이
말갛게 나를 본다

거인의 걸음으로 성큼 다가온 나이, 쉰아홉
추운줄 모르고 뛰놀며 까르륵 웃던 날들이
오늘따라 따스한 봄햇살처럼 그립다

새반지를 껴어 본다 삶이라 읽는 주름 위에 빛나는 시간을 위해

아무도 걷지 않은 눈길처럼 새하얀 종이에

끝없는 사랑을 쓰고 싶다

안개 속, 길을 찾다

새벽안개가 까만 어둠처럼 짙다

도심 한가득 내려앉은 운무는
빽빽한 빌딩 숲을 잠재우고
희미해진 가로등 불빛만이 너울거린다

질질 끌며 다가오는 구둣발 소리
안개에 부딪힌 말들은 골목 가득 음산한데
사람은 보이지 않는다

뒷골목 뒤엉키고 늘어진 전깃줄이
확 다가와 목에 감겨오고
하수구에서 올라오는 생선 썩은 냄새는
더욱 짙어져 질척질척 얼굴에 달라붙는다

뿌연 미로를 헤매다
길을 잃을 것 같은 불안과 초초함에
숨을 쉴 수 없다

지금, 새벽안개 자욱하지만
여명을 기다리며 잠시 멈춰서서
밝은 귀와 맑은 눈으로
가야 할 길을 찾아야겠다

네 얼굴도 내 얼굴도
이제는 어찌 되었는지
점점 흐릿해지는 일

김선수

계간 『문파』 시 부문 등단(2021). 시계문학회 총무.

겨울과 봄 사이

밤마다 쩡쩡 울던 호수에 눈이 쌓이자
눈물자욱 같은 튼살이 번졌다
얼음 아래 압화처럼 붙잡힌 수련잎이
아이가 빠뜨린 축구공과 던져진 채로 얼어붙은
쓰레기의 슬픔을 끌어안고 시린 겨울을 보냈다

돌을 들어 얼음 위로 던지는 장난기보다
그를 피해 바닥까지 내려간 물고기를
떠올리는 순간이 차라리 다정하다

빙판이 끌고 간 사람 발자욱 끝 구덩이 하나
밤사이 한 생이 무사히 건너는 모습을 지켜본
달의 따스한 시선이리라

어린 망아지 잔등을 쓰다듬듯
산등성이 사이로 볕이 스미고
산골짜기 얼음 밑에서
시냇물이 조잘대기 시작했다

곁가지 잘려 나가 생살이 훤히 보이는
버드나무의 덜 자란 나이테들이

내 얼굴도 내 얼굴도 이제는 어찌 되었는지 점점 흐릿해지는 일

벌써부터 잎으로 호드기를 불 꿈에
부풀어 물이 오른다

얼음이 녹아 흐르자
잃어버린 줄 알았던 축구공이 돌아오고
아이들의 공차기에 떠들썩한 놀이터에
먼저 당도한 봄이 기다리고 있었다

물속에서 우는 물고기

한밤중에 깨어나
도무지 잠에 들지 않아질 때
구부정한 등을 둥글게 말고 앉아
어둠 속에서 손톱을 깎는 일

마주 앉아 밥을 먹지 못하는 사람들이
저녁밥 짓는 냄새에도
눈길이 먼 산을 넘어가 먹먹해지면
그렁그렁 눈물을 만들어
밥숟갈처럼 떠먹는 일

헤어진 그날 왜 그랬는지
평생 이유를 알듯 모른 채
아는 듯한 표정으로
그냥 살아지는 일

네 얼굴도 내 얼굴도
이제는 어찌 되었는지
점점 흐릿해지는 일

누구에게나 말하여지지 않은
적막이 있다

오래된 빈집

뉴스 속 춘천 호수의 자동차 안에서 빠져 죽은 여자가
오래된 빈집으로 나를 데려가네
그녀가 물속에서 찾으려 한 것은 무엇이었나

가려 했으나 닿지 않는 바닥에서 기다리던 눈물들이
아직도 저 안에 갇혀 희뿌옇게 옷소매를 흔드는가
이제 헛되이 쪽배를 타러 그 호숫가를 맴돌지 않아도
가끔 머리를 풀어 헤친 물안개 틈에 숨어 울고 싶은 날이 있었네

불 속처럼 뜨거운 가슴을 깊은 강에 묻고
증발하는 기억들 속에 누워 사그라지는 별을 보는 일은
서늘하고 아스라해서 오래도록 눈을 감지 못하고

여자의 울음소리 안개를 가둔 물소리 물을 가둔 안개의 소리

같은 곳에서 시작했으나 서로 달리 흘러가 버린 물줄기처럼
모든 소리들은 어딘가에 다다라서
그녀는 더 깊숙이 들어갔으리
나를 오래된 빈집으로 데려다 놓고

곡우 무렵

엊그제 시장서 사 온 모종이
셋째 딸이 오는 날 맞춰 잘 자랐다며
구순의 아버지는 아직 여린 상춧잎을 뜯어 오셨다
올해 우리 집 첫 상추는 네가 일등으로 먹는구나
작은 잎이 커지려면 또 며칠이 걸릴 텐데
아랑곳하지 않고 한 움큼 담아 주신다
봉지 가득 환하게 빛나는 초록별들
따스운 밥에 쌈을 싸서 한입 가득 먹어보니
내 어린 뺨을 쓰다듬던 아버지 손바닥 같아
꽈리처럼 부푼 볼이 활짝 웃는다
딸 재롱처럼 상춧잎이 무성히 돋아
늙은 아버지와 오래오래 겸상을 할 수 있다면
곡우 무렵 상추밭에 봄비가 내려

내 얼굴도 내 얼굴도 이제는 어찌 되었는지 점점 흐릿해지는 일

봄볕의 폐활량

대릉원 돌담 위로 지나던 봄볕이 바람의 손짓을 슬며시 밀쳐내고
미추왕 무덤 앞에 버릇없이 치마폭을 펼쳤습니다

나무 아래서 나눈 숱한 말들은 가지 끝마다 빈틈도 없이
꽃으로 농익어 계절의 질감으로 퍼져가는데

꽃의 짧은 순간을 아끼며 봅니다
내게도 그리 아껴보던 얼굴이 있었지요

봄볕의 폐활량은 얼마만큼인지 저리 스치고 나면 또
한 해의 기다림이 기다리고 있겠지요

이맘때면 찾아오는 기억처럼 떨어질 예감으로 흔들려도
제 몫의 색감을 한껏 열어 보이는 작은 꽃잎의 크나큰 생애

눈이 부셔 아리도록 한참을 올려다봅니다

아득하고 까마득한데

끄응하고 돌아눕던 뒷모습 같은

어김없이 아침은 오고
하얀 세상은 우리를 기다리고

김덕희

완도 출생. 계간 『문파』 신인상 등단. 시계문학회 회장.
문파문학회 이사. 저서 : 『문파대표 시선』 등 공저

문어 샹들리에 아래

우리는 상처 입지 않아 아무것도 생각 않기로 했어
언제쯤 멋진 시가 나올까 난 쓰고 쓰고 또 쓰고

하얀 눈길을 단숨에 달려와
짐을 풀기 시작했어 강원도 영월
우리는 최후의 만찬을 차리면서
사랑을 느껴 이 밤을 붙잡고
젓가락은 마치 내일이 존재하지 않는 것처럼
밤하늘을 가로지르는 새처럼 날아
흔들리는 문어 샹들리에 아래
아침이 밝아 올 때까지 파이어는 꺼질 줄 모르고
난 온 힘을 다해 매달려 있어 파이어
불이 꺼질까 눈을 뜨지도 않을 거야
아침이 밝아 올 때까지 그저 오늘 밤만을
눈썹달은 저물어가고
탱고를 흔들며 우리는 오늘 밤을 태운 거야

어김없이 아침은 오고
하얀 세상은 우리를 기다리고

세월을 잇는 향기

알 듯 모를 듯
야릇한 귤꽃 향기
길 잃은 별의 등을 타고 날아 왔을까
어쩌면 달콤한 꿈속
천상의 시간 속에서 날아왔을까

지상으로 내려오는
이곳은 하얗다

어김없이 아침은 오고 하얀 세상은 우리를 기다리고

쓸쓸한 길 2

썰물처럼 빠져나간 계절의 쓸쓸함
자연의 섭리에 고개 숙인다
한여름 강한 햇빛
팔과 등 검은 그림을 그렸고
보리밥 물에 말아 청양고추 된장에 찍어 먹고
입안을 마비시킨 고추나무는
처절하게 두 어깨에 기대어 힘없이 서 있다
천하를 호령했던 날 선 칼 같은 파 잎은
고개를 푹 숙이고 안녕 직전이다

화려했던 빨간 단풍잎 눈물 되어 떨어져
외롭고 슬프다

첫눈이 휘날린다
창평국밥에 외로움과 슬픔을 꾹꾹 말아 먹고
마지막 열차에 오른다

아버지의 바다

시리도록 검푸른 바다는 아버지의 길
겨울. 새벽 동트기 전 칠흑 같은 어두움 헤치며 집을 나선다
행여 자식들 잠 깰까 발소리 낮춰
망태기 간짓대 메고 파도와 마주칠 비장의 준비를 하고
빛나는 보물 뜯으러 가신다
손과 발이 얼고 눈물도 어는 바다

그 바다
혹독한 추위가 와야 아버지의 보물은 빛과 맛이 더 난다
가끔 쌀 속에 뉘처럼 파란 파래가 숨는 날이면
자식들 모여 앉아 도리판 잔치를 한다
이방인 추방에 김은 특등 준비다

자식들 학비 생활하시는 아버지의 등은 펴질 날이 없었다
어릴 적 조실부모하시고 남겨진 족보와 유산
글도 배우기 전 청맹과니
족보 집문서 땅문서는 가오리연 만들어
하늘에서 춤을 췄다

도시의 화려한 불빛 유혹 뒤로하고
오직 바다 한 가운뎃점 하나로 살아오신 노력으로

꿈결 같은 별이 쏟아졌다

세계 최초 미역 포자증식 성공하여
아버지의 어깨는 망뫼산에 걸치고
중절모와 백구두는 유난히 빛이 났다

오열하는 가마솥

하얀 눈이 엄마 품속같이 푸근하게 내린다
뒤뜰 한 켠에 자리 잡은 흑염소 솥 걸이
겨울이면 어쩌다 흑염소로 왔냐고 물으니
아홉 여인의 날개로 왔다고 한다
해마다 싸락눈 싸락싸락 내리는 추운 겨울
가마솥은 오열하며 여인들을 기다린다
어머니 당신이 꿈에 나타나 눈 비비고 불을 때신다
눈물을 흘리시며 마르지 않은 솔가지 때문이라던 당신
'너희들이 너무 보고 싶어서' 찾아오셨다고 한다
눈으로도 마음으로도 억장이 무너지는 듯해
침만 삼키고 있었다 오열하는 가마솥 곁에서.

나는 바닷가 그네에 앉아
흔들리는 수평선을 바라다본다

안윤자

『월간문학』 수필 부문(1991), 계간 『문파』 시 부문 등단
(2021). 문파문학회 회원. 저서 : 수필집 『벨라넷다의 노래』
『연인 4중주』, 역사소설 『구름재의 집』 외. 전 서울의료원 의
학도서실장.

바닷가 그네

지금
바닷가에는
하늘과 나
바다만이 있다

광풍이 휘몰아치는
인적 끊긴 해변에는
하늘과 나

그리고
바다만이
서로를 보고 있다

나는
바닷가 그네에 앉아
흔들리는
수평선을 바라다본다

거울 보고 웃어보렴

늙어가는 것이지?

흑백사진처럼 아련한
어린 날의 신작로
늘어진 필름 속으로
감겨 들어간 풍경들
가슴 속 별이 되어 반짝거리네

시인이 된 머슴아가 말해주었어

그래도 지금이 좋을 때란다
너는
너를
명품으로 만들었잖니
거울 보고 웃어보렴
네가 거기에 있어

물미역

물미역 한 줄기를 사 갖고 들어왔다
평생에 두 번째의 일
정수기 물을 받아 담그니
싸한 갯벌의 바다 내음

오늘도 조각배 타고
바다에 나간
친구야
날 맑은 푸른 이날은

어린 상어 한 마리 품고 오시련

일월

자고 나니
새해
어제는 작년이 되고

골골대던 어린애 나잇살 찌고
속사랑 앓이
금 테두리 사관생도 오빠는
별이 되시고

무심한 세월을 탓하오리
하도 옛적 일 가슴이 시려워
쉰 해를 살았어도 낯가림하는
서울의 지붕 밑에서
눈물 한 방울 떨굽니다

이맘때
삭풍 휘몰아치던 신작로에는
수북이 눈이 쌓였었지요

서촌 길

태곳적의 태고
눈발 되어 흩날리는 날
북악산의 영봉이 뿌옇게 가려진
서촌 길을 걷는다

옛 왕조의 빛이 찬연하던 때
고대광실 줄지어 선 궁가宮家들의 터
세종대왕이 나고 자란
이방원의 집
저쪽 건너에는
영조의 잠저 창의궁이 있었다

좁은 골목 파고들면
목이 긴 사슴의 시인
노천명이 살고 떠난
누옥이 숨어 있지

영고성쇠 훑고 지나간 자리
큰 대궐 옆 기와 낮은 거리에
혼백처럼 눈발이 흩날린다
휘휘

나는 바닷가 그네에 앉아 흔들리는 수평선을 바라다본다

습관처럼 되어버린 시간, 기다림 비처럼 스며아픔이 짙다

원혜명

충남 세종시 출생. 계간 『문파』 시 부문 신인상 등단(2021). 문파문학회 회원, 호수문학회 회원. 저서 : 공저 『달빛, 그리고』 『세월을 잇는 향기』 『문파대표시선』 외 다수.

언어의 숲에서

하늘빛 붉게 달아오른
더위로 가득했던 7월의 밤
어느 시인의 아름다운 은유 속을 산책하는데
툭툭 툭 비 떨어지는 소리

마음에 떨림 안겨 주고 뜨거운 낮의
무거운 삶 내려놓고 빗소리 선율 위
몸의 자유로운 춤사위

밤의 보랏빛 내 안 맑은 영혼
몸이란 틀에 갇힌 삶의 끝자락 꺼내
언어의 숲에서 무거운 짐 내려놓고
비상하려는 날갯짓

기다림은 비처럼

흐릿한 하늘 내려앉은 오후
책 펼쳐보지만 글자들
사라지고 그 안에 그가 웃고 있다

손끝으로 그의 얼굴선 따라 긋는다
윤곽 잊지 않으려
마음에 문신처럼 새겨 넣는다

보고픈 그리움이 흐린 하늘에
비로 내리며 창가에 머물고
빗소리에 그의 목소리가 들린다

습관처럼 되어버린 시간, 기다림
비처럼 스며 아픔이 짙다.

긴 그림자 눕힌다

처마 밑 깊은 어둠 속
자고 있던 솜털 같은 씨앗
흙 밀어 올리는 아픔 견디고 피워낸 꽃잎 사이로
잿빛 그림자 스며들고

산등성 허리쯤 발그레한 태양
숨어 들어가는 시간
도심 속 외기러기 삶의 힘겨운 날갯짓 퍼덕이며
쉴 곳 찾아 허공 휘젓는다

무너져 내린 하루 갇힌 프레임 속 외로움
삶의 방향 잃고 흔들리는 시선
하늘과 땅 사이 삶의 춤사위 끝내고
처마 밑 햇빛보다
뜨거운 달빛 속 불멸의 휴식.

긴 그림자 눕힌다

끝없는 그리움

가난한 삶 속 손에 가득 담아줄 수 없어
마음 따뜻한 사랑 가득 채워주신 봄날
햇살 같은 손길로 만져주시고

비단처럼 부드러운 눈길로 바라봐 주시던
당신

비 내리는 날이면 큰 마루에 앉아
고운 손으로 이마 쓸어 주시고 옥구슬 같던 목소리로 자장가 불러 주실 때
보드라운 당신의 젖가슴 만지며 잠이 들곤 했죠

몸이 약한 내가 안쓰러워
당신 안의 사랑 다 꺼내어 내게 입혀 주시고
큰 가시고기처럼 앙상한 뼈만 남기고
바람 불던 가을날 단풍 되어 날아가신 당신.

당신께서 주신 사랑 먹고
가득 채워진 몸과 마음 불혹을 훌쩍 넘기고
쉰 넘긴 지금도 나만의 귀하신 당신 그리워
꿈속 품에 안겨 잠이 듭니다

마치 여덟 살 어린아이처럼

꽃가마

하늘 문 열리고 후드득후드득 비 그친 날
선녀보다도 이쁜 딸 꽃가마 타고 가신다

시집가는 각시처럼 곱게 치장하고
평생 한 번도 타보지 못한 꽃가마에
누워 두 손 곱게 모아 잡고 바라보는 하늘

어이 어이 우리 딸 곱디고운 우리 딸

흰 비단옷 곱게 입고
연지 곤지 찍고 꽃가마 신명 나
꽃길 위 두 팔 내저으며 사뿐히 버선발로
춤추며 가신다

금지옥엽 귀한 딸
꽃가마 부여잡고 이별 서러워
눈물로 바라보며 넋 따라가는 어머니

"이제 가면 언제 올꼬 저승길이 웬 말이냐"

이른 봄 흰 목련 꽃잎 떨어지듯
상여꾼 노랫소리 허공 위 흩어진다.

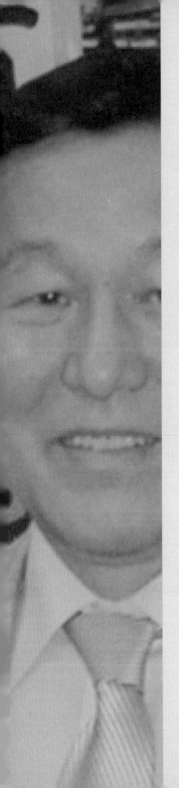

차디찬 바람 부는 언덕길의 가엾은
들국화만 하염없이 흔들리고 있다

황의형

한국문협 정책개발위원, 종로문협 운영위원, 문파문학회 이사. 수상 : 제5회 농촌문학상, 한글문학상, 종로문학상, 한국창작문학상 및 대상 수상. 저서 : 시집 『수평선』 『산은 흐른다』 『길 멀어도』 외, 수필집 『그해 여름의 추억』 외.

들국화

하늘엔 흰 구름 한 점 떠가는데
여린 들국화 한 송이 언덕에 피어
싸늘한 바람에 흔들거린다.

저물어 가는 석양에
떠나간 그대는 돌아오지 않고
애태우다 지친 외로운 가슴만
허무로 쌓이는데

아쉬움 남기며
매정하게 떠나가 버린 그대
기다린들 돌아오지 않고
미련은 버릴 일이다

차디찬 바람 부는 언덕길의
가엾은 들국화만
하염없이 흔들리고 있다.

구절초가 흐드러지면

구절초 바람을 타고 하얀 꽃바람이 불어
가을이 하얗게 흐드러지고
내 마음도 흔들린다.

흩어진 구절초 사이로
바람 따라 지나가는 오솔길
그 길 따라
어디론가 흘러간다.

오늘따라
울긋불긋 가을단풍빛 온몸에 받으며
그리운 사람 찾아 한없이 달려만 가고 있다

싸늘한 바람만 지평선을 향하여
달려가는 나를 동행하여 주지만

구절초 하얀 꽃바람이
한없이 좋다.

벚꽃은 다시 피는데

봄이 다시 왔나 보다
만개한 벚꽃이 꽃구름처럼 뭉게구름처럼
여기저기 아련하게 피어나
장관을 이루고 있다

괜스레 마음까지 싱숭생숭해져서
수려한 벚꽃 길을 따라 달려가 보려다
살랑대는 꽃바람만 원망하며
떠오르는 옛 생각에 잠겨본다

한때는 거칠 것 없이
화려한 벚꽃 터널 길을 거닐고 달리면서
멋스러운 일도 많이 남겨 보았지만
다 무지개처럼 사라져 버리고
흩날리는 꽃잎만이 반기고 있다

그때가 아름다웠다는 상념이
오늘의 풍족한 아쉬움 앞에서
멀리 벚꽃 길처럼 가물거린다

차디찬 바람 부는 언덕길의 가엽은 들국화만 하염없이 흔들리고 있다

억새꽃

황갈색 꽃들이
하얗게 펼쳐지기 시작하면
바람만 살랑 불어와도
반짝이는 은빛 물결이 된다.

솜털 꽃 장관이 펼쳐지고
은빛 파도로 일렁이며
하얀 추억이 만들어지고

그대
못 잊는 아쉬움에
때로는 가슴에 비가 내리고

하얀 추억 만들어보려는 가슴들
은갈색 사연들이
산등성이에 나부낀다.

바람처럼 흘러온 길

꿈꾸듯 지나온 길
어디인지는 잘 몰라도
종착지에 거의 다다른 느낌이다

디엠지 지피장으로부터
월남전 소총 소대장으로서
수많은 전투에서 혈투하면서
전승을 남겼었지

대부대의 승패의 기로에서
선두에서 수없이 싸워본
장부의 꿈 일렁이는 가슴
청춘의 기개는 어디로 갔을까

멈출 수 없다고
끝까지 싸워 승리해야 한다고
오랜 사념에 젖어 흩날리는
바람의 길

지워지지 않는 기쁨을 안고
횃불같이 타고 있는 장부의 한

차디찬 바람 부는 언덕길의 가엾은 들국화만 하염없이 흔들리고 있다

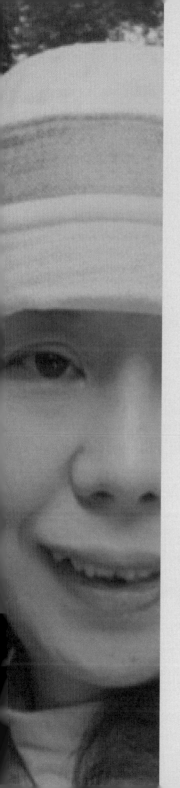

펑펑 내리는 눈의 순결 앞에
첫눈 같은 사랑 하나 지나간다

임복주

계간 『문파』 신인상 수상 등단 (2022). 문파문학회 회원, 창시
문학회 총무.

눈이 내리고

율동 호숫가
살얼음 위 눈꽃이
하얗게 내려 덮인다

단아한 연인이
두 손을 꼭 잡고
눈을 사뿐사뿐 맞으며

그리움 안고
발자욱으로
소리 없이 걷는다

펑펑 내리는
눈의 순결 앞에
첫눈 같은 사랑 하나 지나간다

봄 편지

여인의 고운 한복처럼
노오란 자태 뽐내며
꽃창포 물가에 고개 내민다

빛나는 시간 속에

마른 개울가
바람과 섞여 사뿐 미소짓는
꽃잎 피어난다

아지랑이 잔잔한 봄 하늘

어느새
향기를 일구어 환하게 웃고 있다

벌써 네가 보고 싶다

새벽의 향기

이른 새벽
희뿌연 안개꽃의 베일로
모든 것이 고요의 언저리에
메아리친다

비 온 뒤 차분한 고가의
숨결을 느끼며 데크의 한쪽에서
진한 커피 향을 음미한다

지난 장날에 사 온
예쁜 꽃들 웃으며 반김 소리
재잘거리는 새들의 안부 소리

햇살 퍼지기 전
회색빛 베일은 마지막
군무를 추며 서서히 사라지고
시간의 자리를 거슬러 올라간다

선반 위 낡아진 일기장
내 안의 청춘이 여러 겹으로 겹쳐져
빛나지만 때로는 심연 같은 꽃들이

흐릿하게 보인다

시간의 갈피마다
풋풋하게 떠오르는 청춘의
기억들 짙어진 시간을 뒤로하고
햇살 펴지는 아침을 오롯이 맞이한다.

제사 가는 날

그 해 여름
수선화 작약 봄꽃 피고 지고
나팔꽃 하얗게 만개하던 날
먼 길을 홀로 가셨다

햇빛 긴 더운 날에도
아랑곳하지 않고 그늘막 없이
하얀 웃음 지으며 대문 너머 한없이
기다리시던 그 모습이 떠오른다

해마다
여름 꽃은 피고 지는데
그 목소리 웃음 느낄 수 없어
멀어져 가는 모습 아른거려
눈물 서린다

한평생
손 발 닳도록 노력하여
가난을 모르고 풍요를 안겨준
자랑스러운 나의 아버지

불효를 이고 사는지 그때는
알지 못했다
오늘 문득 사무치도록 그립다

한 등 불빛

은물결 쏟아지는
바다 언저리에 바람
파도 소리 뒤섞여 운다

저 먼 곳 통통배들
희미한 불빛 따라
제갈 길 찾아가듯이

우리 남매 조용히 화합하며
제 길 가고 있다고 한 등 불빛
따스하게 불 밝히며 전해주네

해묵은 몸부림은
차가운 밤바다에 다 던지라고
엄마에게 말해주었지

먼 이국땅에서
내 마음을 아는지
환하게 비쳐주는 달빛

평평 내리는 눈의 순결 앞에 첫눈 같은 사랑 하나 지나간다

좁은 도시로 몸을 들이밀며
속속들이 당신을 알던 그곳,
지금 눈이 내리나요

김숙경

공주 출생. 한국문인 수필 부문(2006), 계간 『문파』 시 부문 등단(2022). 한국문인협회, 문파문학회, 수원문인협회, 경기수필가협회, 동서문학회, 동남문학회. 수상 : 제10회 동남문학상 수상(2013), 제15회 경기수필 작품상 수상(2015), 2017 수원문학인의상 수상. 저서 : 수필집 『엄마의 바다』, 공저 『동그라미에 갇히다』 외 다수.

양육과 사육 사이

양육의 다정한 말에서 건너와 사육으로 가는 긴 생,
처음과 끝이 닮았다
기쁨과 슬픔의 시소 높낮이 속에
비척대는 걸음 그러고 싶지 않은
늙음이 닮을까 너도나도 비겁해지는 삶
아무도 먹지 않는 밥상 당신만을 위해 차리고
잘 먹고 잘 배설하는 일은 건강할 때 이야기
처리하지 못한 생리현상
냄새로 진동하는 화장실에 들어가 철 수세미 빡빡 문지르는 날엔
세면대 거울 앞 구질구질한 내 모습마저 깨버리고 싶은 충동
부유하는 영혼 없는 허름한 말들이 전부인 하루
두런두런대는 소리 비틀어 끄고 싶다
처음부터 사육의 행위는 소멸할 것에 대한 최소한의 예의에 불과한 일
날마다 사악함을 감추기 위해 연습하는 내 이중성의 바닥이
서서히 드러나려고 안간힘을 쓰는 중
침묵이 최선의 기도라고 묻는 어느 시인의 말에
지금은 암흑 같은 침묵의 시간이 필요하다고 말하고 싶은
양육에서 사육으로 넘어가는 나의 거친 손
어머니!

비가 내린다

근조라고 쓴 차가 울음을 한가득 싣고 간다
무수한 슬픔을 싣고 부렸을 장례식장 버스,
오늘 그 안의 눈물은 누구일까
이생이 힘들어 저 생으로 떠나는
누군가의 부모일까 형제자매일까
그 삶을 기억하는 사람들의 비장한 오열인 듯
버스의 뒷모습은 묵직하다
가장 아픈 이별을 치른 사람들
그 격한 슬픔에 닿았을 심장을
손바닥으로 치는 법을 알았다
비상등을 켜고 차선을 조금씩 밟으며
이동하는 흐릿한 속도에
다시는 뒤돌아 오지 못할 세상을 점 찍고 있다
알 수 없는 사람이 가고
또 알 수 없는 사람들의 이별할 의식
떨어진 한생의 꽃에게
애도의 비가 내린다

그곳, 지금 눈이 내리나요

눈이 온다는 소리에
여름내 비 맞아 뻑뻑해진 베란다 방충망을 힘주어 젖혀봅니다

뿌연 하늘이 노화된 시력 탓 같아
눈을 훔칩니다

싸락눈 진눈깨비를 잔뜩 머금은 하늘
첫눈을 기록할까요

무연히 바라보는 유리창 너머 허공
마음은 묵정밭 같습니다

눈이 오면 시집와 평생 살아온 집을 등질
어머니의 무거운 발걸음이 보입니다
약속한 대로 떠나면 그곳은 다시 못 올 이별의 장소가 될 테니까요

한 집안의 역사가 허물어지는,
혼자 남아 더는 감당하기 힘든 일이 되어서겠지요
죽어서야 지아비와 같이 묻힐 그곳
그때나 다시 돌아올 곳
이곳일 것입니다

좁은 도시로 몸을 들이밀며 속속들이
당신을 알던 그곳,
지금 눈이 내리나요

독한 게 좋다

우렁우렁 보일러는 돌아가고
유리창에 비치는 빛은 푸르니 창백하다
커피포트에 빨간 물이 끓고
머그컵 안에 노오랗게 맑은 생강차 몇 스푼
뜨거운 수증기 뿔처럼 허공에 닿고
휘젓는 손 위로 달큰한 생강냄새 핀다
이게 몸에 좋대
이게 코로나 예방에도 좋대
머리칼 젖은 채로 후다닥 나가버리는 딸
내 남은 말들이 현관 틈에 안쓰럽게 끼어있다
거실에 크게 누워 입안에 떠 넣어줘야
마실 것만 같은 그도 고개 젓는다
무슨 독약이라도 탔나 거부하는 저 몸짓들
이 집 사람들은 좋은 게 좋은 걸 모르고 산다
나는 쓴 약 같은 이런 것들이 좋은데
계피 생강 쌍화 유자의 강한 향 독한 향
강렬한 언어처럼 둥근 독,
나는 독한 게 좋다

食口들 전 상서

食口들 입으로 넣을 편지를 쓴다 끼마다 때마다 무얼 입속으로 입힐까 고만고만한 찬과 밥 편지지에 옮기는 중이다 지펴진 불 위로 내 살점들이

수제비를 뜨는 이른 저녁

도마 위 낭랑한 재료들

감자 무 두부 어묵 몇 장

섞어찌개가 될지 되직한 국이 될지

글이 되어야만 알겠다 빗소리처럼 끓고 있는 한 행의

언어들이 엄마를 대신한다 생각하면 우울한 식구들,

깊이 생각하지 않기로 했다

식구들의 전 상서가 되는 한 끼 밥이

슬픔과 맞바꾸는 거룩한 편지가 되었으면.

점화된 불꽃들 잠시 소강상태

쪽지 같은 하루 식탁에 올려놓고 돌아간다

무지외반증

뼈가 밤마다 자란다
그때마다 엄지발가락 옆
둥근 모서리 넓히는 작업을 시작한다

뼈가 자라는 통증에 듬성듬성 불면은 시작되고
밤새 신열을 앓던 그 자리
한 번도 높은 구두를 신지 않았던 엄마의 발을 기억한다
툭 불거져 옆으로 둥근 각을 짓던 그 발

바닥을 디딜 때면 거북 모가지가
발을 떼면 몸 안으로 숨었다

꽉 낀 신발 내리막 길 닮은 하이힐 속
성이 난 듯 벌게진 내 발

감출 게 많은 세상 드러내고 싶지 않은 짐승 같은 발
밤마다 뼈가 운다
시리고 아린 세월 고단한 길이를 매끈하게
깎고 싶었던 엄마의 발
무지외반증 내 유전자 밤마다 자란다

좁은 도시로 몸을 들이밀며 속속들이 당신을 알던 그곳, 지금 눈이 내려나요

옅은 햇살 같은 농담에
유기농 진담을 섞으면

태라

본명 이선옥. 제주 출생. 계간『문파』시 부문 신인 문학상 등단(2022). 문파문학회 회원, 호수문학회 회원. 저서 : 공저 『세월을 잇는 향기』, 여행 수필집『낯설지만 좋아』, 전자책 수필『공주로 돌아온 시간들』외 다수. 블로그 : blog.naver. com/wpwn0711

파도 위에서 춤을 추려면

만년필이 삼킨 잉크가 스친 생각을 그물 모양으로 짜지
A4용지에 조각조각 흩어진 상상들이
파닥거리며 기어 다녀

가운데 손가락은 이미 시퍼런 문신 기둥
직접 닿지 않아도,
스치기만 해도,
앙 다문 입술에, 무슨 말을 할 것 같은 하얀 의자에 시퍼렇게 번지지

물을 만나면 피처럼 퍼지는 파란 잉크의 수만 갈래 길

걸음의 간격을 한 번도 흩트리지 않은 시계가 멈췄을 때
퍼뜩 그물에 걸린 생각들

나보다 먼저 태어나 선생님이 된 나무, 비 오는 날 술잔 속에서 기어 나오는 남자들, 시간이 훔쳐간 탱탱한 피부, 바다로 간 남자를 기다리다 늙어 버린 친구, 검게 물러져 수의 입은 목련 꽃잎, 백 년 가까이 참기름 향을 놓지 않는 어머니, 매일 바이러스의 역대 최다 기록 경신에 지친 일상

마지막으로

칼날에 베여 조각난 잔상들까지 이으면
겨우 노트북으로 올라탈 수 있지
휘돌아 부서지는 파도 위에서 리듬 타며 춤추려고

체滯

잇몸으로 살고 있는 하얀 어머니에게
향수를 불러일으키는 흰 떡을 보이는 곳에 놔둔 내가 잘못이었다.
어느새 우물거리며 웃는 어머니

누워있는 얼굴이 하얗다
앓는 듯 초점 없는 눈이 허공에 떠 있고 금방 죽을 둥 말 둥 힘을 놔 버렸다
엊그제 갈퀴 같던 손은 고운 새살이 나와 부드럽지만 차가웠다
외로움으로 굳어진 좁은 등을 부서질까 애쓰며 두드려 본다
열 손가락에서 고귀한 빨간 꽃들을 바늘로 피워냈다
그사이에 커다란 돌덩이가 내 몸에도 얹혔다

컥!
견딜 수 없어서 튀어나온 떡
힘들었는지
다시 자궁으로 돌아가려는 새우 자세를 하고 이불속으로 살러 가는 어머니

따뜻해진 눈이 칭얼대듯 나를 본다
흐르는 물처럼 맑은 미음을 한 숟가락 한 숟가락
가벼워진 나도 시원한 우유 한 잔

하루가 고단했는지

어머니는

포대기에 싸인 채 금세 또 새근거린다

칼

푸르고 차가운 거부감
아슬아슬
베일 것 같은 눈매에 예리한 표정을 한 너에게
친해지려고
슬며시 다가가 조심조심 말을 걸었지

처음 만나
어색하고 불안하지만
부서질 듯한 살얼음 기분을 달래 주려 애썼지

잠시라도 너에게 집중을 하지 않으면 날카롭게 토라지는 걸 알기에
부드러운 두부부터 도마에 올렸다

묵묵히 할 일을 마다하지 않는 예민하지만 정확한 네가 좋아졌다

오래된 칼집이 깊게 패일 즈음
내 손에 푹 젖은 너
셀 수없이 그어진 도마의 빗금만큼이나 많이 차려진 밥상들은 달콤했지

하얗게 하얗게 무디어진 우리

엷은 햇살 같은 농담에 유기농 진담을 섞으면

까칠한 너에게 숨어있었던 매력

어처구니없게도

칼 같은 너에게 칼은 없었다

건널목으로 들어가는 중

길 건너에
한 발 한 발 집중하며 느리게 걷고 있는 노인

짓 눌리고 굳어진 몸을 추리닝에 헐렁하게 담고
긴 그림자 앞세우고 매달린 무게를 질질 끌며 가고 있었다

떼 지은 아이들이 아슬아슬 노인을 스쳐 금세 멀어지고
만 겹의 사연을 견뎠을 바람마저 노인을 앞질러 내달린다

구겨진 몸을 지팡이에 기대어 펴고
어두워지는 하늘 한번 보고
끙
들릴 듯 말 듯 가는 한숨 쉬며
급할 게 없다는 듯 또 한걸음 잇는다

거뭇거뭇 짙은 갈색 꽃이 핀 얼굴에 하얀 미소

가벼운 발걸음을 멈춘 나는
잠시 허공에서 만난 노인에게 힘내라는 눈길를 보냈는데

어느새 나도
바람결에 밀려 길을 건너려고 건널목으로 걸어가는 중이었다
신호등 시간에 맞추며

옅은 햇살 같은 농담에 유기농 잔담을 섞으면

섞으면 제 맛이지

싱거워서 우려먹으면 재미없고
너무 진하면 가벼운 물 한 컵 섞어야 제 맛이지

차갑고 냉정한 말이 멍든 눈물을 데려올 때 재치 있는 농담 한 숟가락

같이 따먹으면 시간 가는 줄 모르는 말 과자, 모시는 그분 이랑 같이 따 먹다가는 알밤 한 대 날아오지, 기분이 안 좋을 때는 삼가는 게 좋아, 어색할 때 넌덕스러운 우스갯소리 한 잔씩 돌리고, 실없는 말을 진짜처럼 하면 긴장할 때 여유를 주는 명약이지, 황당무계한 농지거리가 과격하게 다가오면, 객스러운 소리에 맑은 진심을 버무려 삽으로 받아치고, 노골적으로 날아온 저급한 말놀이에 우울할 때도 있지만, 허물없이 화사한 유머가 거짓말처럼 하얀 미소를 주지

말 장난치며 꺼낸 말랑한 케이크 속에 설레며 숨었다가 나오는 반지처럼
힘들 때마다 썰렁한 나를 지탱해 주는

얇아서 믿음이 안 갈 수도 있지만
가벼운 말 속에 가볍지 않은 삶을 비비고
아픈 걱정이나 고통이 돋아 날 때마다
옅은 햇살 같은 농담을 유기농 진담에 반반 섞으면 제 맛이지

내 안에서만 그림이 되는 그림

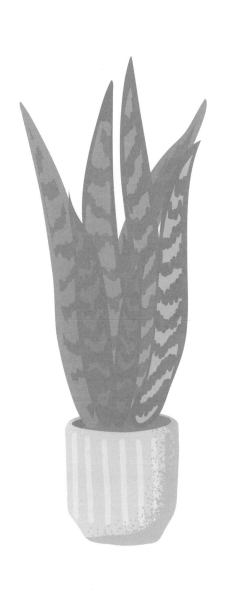

내 안에서만 그림이 되는 그림

2022